走进中国战舰　致敬人民英雄

谨以此书献给

伟大的中华人民共和国成立 70 周年

光荣的中国人民海军成立 70 周年

◎ 执行首批护航任务期间，海口舰巡航亚丁湾

护航先锋
海口舰

王通化　孙伟帅　陈国全　著

华东师范大学出版社

中国海军正青春

暮春白马庙,绿柳依依,烟雨蒙蒙。

脚步叠着脚步,一群朝气蓬勃的青春学子畅游其间,用好奇的目光向历史深处眺望,探寻着人民海军诞生的那段峥嵘岁月。

1949—2019。与共和国同龄,人民海军今年70岁了。

70岁,对于一个人来说,已是古稀之年。

70岁,对于一支海军来说,实在是"青春芳龄"。环顾世界,英国皇家海军成立470多年,美国海军成立220多年,而人民海军诞生仅仅70年。

往事并不如烟。站在70周年这样一个值得庆贺的时刻,我们将目光投向这段距离我们很近很近的历史,投向一艘艘中国战舰,人民海军成长的"青春足迹"每一步都如此清晰,令人热血沸腾。

70年前,在中华人民共和国即将成立的炮火硝烟中诞生的人民海军,其全部家当只有"几艘基本丧失战斗力的铁壳船和木船"。

70年后的今天,人民海军已昂首进入"航母时代"。

南中国海,战舰如虹,铁流澎湃,人民海军新时代的"靓照"惊艳世界。

70年，短短70年，人民海军搭乘共和国前进的"梦想巨轮"，创造了令人惊叹的"中国速度"。

70岁，中国海军正青春。

这青春魅力，"秀"在世界关注的目光里；这青春担当，"刻"在中国战舰驶向深蓝的航迹里；这青春朝气，洋溢在海军官兵自信的眉宇间。

航母辽宁舰，中华神盾海口舰，明星舰导弹护卫舰临沂舰，友谊使者和平方舟医院船……挺进深蓝，一艘艘中国战舰破浪前行，为祖国人民的安全利益护航，为中华民族伟大复兴的征程护航——

在索马里海盗劫持的危急时刻，中国战舰来了，获救船员们自发地打起了致谢语"祖国万岁"；在也门战火纷飞、同胞生命危在旦夕的时刻，中国战舰来了，官兵们说"中国海军带你们回家"……

今天，站在历史与未来的交汇点上，中国战舰在深海大洋犁出的道道壮美航迹，不仅见证着中国海军70年的辉煌征程，也映照着中华民族向海图强的时代夙愿。

中国战舰，梦想之舰，热血之舰，青春之舰。

"以青春之我，创建青春之家庭，青春之国家，青春之民族。"百年之前，中国共产党先驱李大钊的振臂高呼响彻历史的回音壁。

"现在，青春是用来奋斗的；将来，青春是用来回忆的。"今天,这个声音回荡在神州大地上,激荡在所有海军官兵心里。

护航中国,人民海军的青春担当。

汽笛声声,海浪奔涌。让我们一起走进人民海军的传奇战舰,聆听中国战舰上年轻海军官兵们的成长与奋斗、光荣与梦想,感受人民海军肩负使命、驶向深蓝的时代脉动。

目　录

》》引子
瞩望一艘战舰,以梦想的名义

2018 年 7 月 30 日,天安门广场西侧,与国家博物馆对称呼应的人民大会堂里,掌声雷动。海口舰先进事迹报告团成员在这里拉开全国巡回报告的序幕。第一个作报告的是海口舰时任舰长樊继功。他的演讲,是从一个具有悲怆含义的历史坐标开始的。

海口舰,国产第三代导弹驱逐舰,素有"中华神盾"的美誉,名副其实的大国重器。从研制那天起,这艘令无数国人渴盼的新一代战舰,便寄托着太多梦想。

"记得上军校时,一次海上实习,我们登上了刘公岛,百年海殇历历在目,让我思潮汹涌,久久不能平静。"站在人民大会堂的演讲台上,樊继功停顿了一下,深吸了一口气,接着以一种沉痛的语气说,"作为军人,我敬佩邓世昌'撞沉吉野'的勇气、林永升战至最后一刻的血性,但他们的牺牲却没能挽救北洋水师折戟沉沙、中华民族百年沉沦的命运。"

海口舰舰长樊继功所提的那场 120 多年前的甲午战争,回望百

年中国,"中国梦、强军梦"六个字背后,蕴藏着太多时代风云和历史启示。

1840 年,英国侵略者仅用 47 艘木质加装火炮的舰船,就轰开了中国的大门。54 年后,清朝北洋水师耗巨资引进的四艘巡洋舰在甲午战争中被击沉或被炸毁。

1949 年,中华人民共和国成立前夕,人民海军在江苏泰州白马庙村诞生。同样是 54 年后,一艘以"海口"命名的国产现代化导弹驱逐舰下水试航,开启了一道又一道崭新航迹,掀起了一个又一个国内外关注的焦点话题。

海口舰在人民大会堂的事迹报告,引起了首都各界群众的强烈反响和共鸣。在报告会结束后鱼贯而出的人流中,中国地质大学学生刘聪艺告诉新华社记者:"祖国的海疆有海口舰官兵这样的海上精兵守卫,让人感觉很安心。"

海口舰组建以来的 16 个春秋里,不知记录了多少个类似的瞬间。但几乎每一个这样的瞬间,都与生活在这片国土上的人们心中一种朴素而又恒久的愿景相关。2018 年 5 月 16 日,海口舰到命名城市海口组织军舰开放日活动。开放活动前,一位母亲担心人太多孩子在军舰上会被挤丢了,另一位粉丝告诉她:"没事,那是世界上最安全的地方!"

或许,这只是粉丝们的溢美之词。但倘若你看过这艘国产新型战舰的履历,你就会毫不犹豫地说:"海口舰的实力完全担得起这句话。"

这是一艘梦想之舰——它挺进深蓝,走向世界,开创人民海军史

◎ 2014 年 6 月 18 日,海口舰参加多国联演任务(胡锴冰 摄)

上多个第一;它护航深蓝,守卫祖国,让"中华神盾"的美称享誉五洲;它砺剑深蓝,勇往直前,见证强军兴军的伟大航程。

这是一艘热血之舰——它不负重托,在领袖的目光里乘风破浪;它练胆砺性,在梦想的召唤下驶向大洋;它负重前行,在祖国的注视中默默担当。

这是一艘青春之舰—— 一张张青春面孔,是它最美的封面;一项项重大任务,是它最好的舞台;一个个种子舰员,是它最强的活力……

入列以来,海口舰以"世界瞩目的速度"驶向一个个新的方位——3 赴亚丁湾护航,17 次靠泊外国港口。远洋护航、联演联训、迎外出访、人道主义救援……战斗在远海大洋,活跃在国际舞台,海口舰日益成为中国海军一张亮丽的名片。

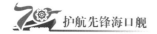

公元 2019 年,人民海军成立 70 周年,中华人民共和国迎来 70 华诞。

站在历史与未来的交汇点上,这艘梦想之舰在深海大洋犁出的道道壮美航迹,不仅见证着中国海军的辉煌征程,还映照着中华民族向海图强的世代夙愿;不仅与天安门广场上一张张仰望国旗的激动的脸庞紧密相连,还与首都长安街所寄托的复兴愿景同声相应、同气相求。

在被世界视为奇迹的中国故事中,海口舰的故事或许不是最典型的,但一定是不可或缺的。正如一位记者所说:"海口舰在新时代的幕布上所敲出的每一个字,不一定是最动人的,但却倾注了所有为之奋斗的人的心血,甚至生命。"

◎ 2017 年 10 月,执行第 27 批护航任务期间,海口舰官兵喜迎十九大

》》第一章
"中华神盾"横空出世

　　2003 年 10 月 23 日那个阳光明媚的早晨,见证了中国海军和造船工业的又一个雄心。在雄壮的国歌声中,江南造船厂为海口舰举行了下水仪式。

◎ 2003 年 10 月 23 日,海口舰下水

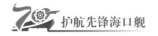

按照国际惯例，剪彩后进行"掷瓶礼"。随着一瓶香槟酒摔碎于舰艏，海口舰两舷喷射绚丽彩带，周边船舶一起鸣响汽笛，全场响起热烈掌声。随后，在众人的注视下，仿佛身披绶带的海口舰缓缓移出船坞，停靠码头。

那张后来广为流传的图片，忠实记录了这一时刻，也让许多军迷朋友们大饱眼福。日后，随着从这家百年船厂驶出的国产新型战舰越来越多，人们渐渐从新闻报道中熟悉了中国军舰下水仪式的每一个细节。这些细节，经由各种传播和演绎，日渐成为街头巷尾的人们津津乐道的谈资。

相比于后来它的同门一次次高调亮相的下水仪式，海口舰显得低调而神秘。在当日公开的新闻报道中，几乎找不到关于它的一个字。国产新型战舰的下水乃至入列，在当时的官方口径里，仍属于"低调处理"范畴。

官方最初小心翼翼的低调态度，并不妨碍民间发烧友对中国新一代驱逐舰的高调热情。打开互联网搜索引擎，有关海口舰的"网事"仍清晰如昨。海口舰早期曝光的一张图片显示，这艘国产新型战舰当时仍在紧锣密鼓的建造之中。其文字说明为："21世纪初期，中国江南造船厂的船台上有四艘新舰正在建造，其中前两艘在2002年下水；而第三、第四艘则是引人注目的中国新锐舰艇……"

海口舰的真容，终于伴随着下水仪式揭晓了。在官方刻意保持的低调之下，网络论坛上悄悄掀起了一股兴奋浪潮。一位军事发烧友在某军事论坛上这样写道："你看它那修长而丰满的舰体，以及大角度飞剪舰艏，不带任何外飘，水线以上无折角线，完全一体化设计……"字里行间,尽显赞美之情。

今天,海口舰频频亮相大洋的身影,早已被国人视为再寻常不过的一道风景。但倒回2003年,这艘国产新一代导弹驱逐舰的每一次曝光、每一次亮相,都会引来军迷们发自内心的惊叹。

横空出世的海口舰,被关注的显然不仅仅是其新颖的流线型舰体。这款中国自主设计建造的当时最先进的驱逐舰,最有效的打开方式自然是发烧友们乐此不疲讨论的各种性能参数。观察那些坊间流传的海口舰性能参数,尽管版本不一,但无一例外都指向一个共同的"情绪参数":国产驱逐舰带来的"自豪指数"。军事发烧友们满腔的自豪情绪日渐发酵,最终为海口舰酿成一个"中华神盾"的头衔。

2005年12月,海口舰正式命名入列。随着在深海大洋上的崭露头角,"中华神盾"迎来一个又一个高光时刻。官方陆续披露的参数版本,持续点燃着国人的自信与自豪——

　　海口舰,舷号171,满载排水量5000多吨,是国内首批搭载有相控阵雷达和导弹垂直发射系统的舰艇之一,装备有先进的对海、对空、对潜等现代化武器装备……

不过,大多数国人还要等到多年之后,才能从官方批准的密集公开报道中,知晓"中华神盾"更为丰满的细节和故事。翻开海口舰的新闻档案,各大媒体对这艘"中华神盾"的大面积报道共有三个波次。第一个波次是在2008年,那一年海口舰与武汉舰、微山湖

舰组成首批护航舰艇编队赴亚丁湾、索马里执行护航任务;第二个波次是在2013年12月,中央媒体集中宣传,迅速掀起报道热潮;第三个波次是在2018年,海口舰成为全国重大典型,并被中宣部授予"时代楷模"称号。

历史像一本书,是一页一页装订成的。但在2003年,当海口舰被冠以"中华神盾"的盛名,它的故事还只是翻开了第一页。与这一盛名相匹配的辉煌业绩以及后来被媒体反复讲述的精彩故事,还有待于一代代海军军人去创造。

正如英国军事学者安东尼·普雷斯顿在其《驱逐舰发展史》一书中所说:"人们只要读到海军史,'驱逐舰'一词就是高航速、艰苦作战和高耐力的同义语,无数的战斗和激动人心的战绩是对它的真正纪念,不论未来的驱逐舰将是什么样子,都很难比得上它过去的功绩和操纵它的人们的贡献!"

如果说,设计者和建造者用智慧和心血赋予了"中华神盾"以现代化的头脑和筋骨,那么,海口舰的舰员们则用忠诚和奉献赋予了"中华神盾"以灵魂和力量。

今日看来,"中华神盾"横空出世的背后,离不开他们的接力与奋斗。相比于海口舰的盛名与光芒,他们低调而踏实。事实上,吸引他们或者让他们赖以自豪的,从来不是"中华神盾"的美誉,而是他们回答了长久以来悬在中国人头顶的一个命题:"我们能行吗?"

在灯火通明的办公室里,中国军舰设计者们将战舰的梦想变成图纸,证明:我们能行!

在焊花四溅的造船厂内,中国军舰建造者们将战舰的图纸变成现实,证明:我们能行!

在浩瀚大洋上,中国海军军人们将战舰的盛名变成名副其实的战斗力,证明:我们能行!

仿佛是一种隐喻,在中华民族复兴的航道上,这一命题将始终吸引着他们,伴随着他们,也终将考验着他们。

海口舰下水后不久,总设计师又接到主持续建航母辽宁舰的重任。没有片刻凯旋后的轻松,总设计师又悄然踏上新的征程。他说:"只要国家需要,我愿意一直做下去。"

如今,海口舰第一批舰员中的许多老兵都退役了。这些年,他们始终关注着海口舰的一举一动。每逢重大任务,他们都会向老部队请战:"若有战,召必回!"

或许,这才是"中华神盾"的灵魂所在、力量所在。

(一)

很多时候,大幕总是在观众最期待的时候拉开。2012 年 9 月 25 日,这一天,中国第一艘航空母舰辽宁舰正式交付中国海军。

很长一段时间里,"美国军方做梦都想挖走"的舰船工程专家,如同他研究的隐形舰船一样,在公众视野中保持着隐形状态。

航母辽宁舰的热度,持续点燃着媒体不屈不挠的采访热情。在为数不多的几篇报道中,这些专家才开始走入公众的视线。

某研究所素有"战舰摇篮"之称,已先后为海军研究设计了近百型共千余艘战斗舰艇。

事实上,在这家神秘的军工单位,还有很多大师级人物的名字从未被公布过。但他们的心血,早已结晶成一艘艘现代化战舰。这些战舰必定将不断出现在人们的视野中,成为这个国家蓝色海疆的坚实后盾。

2008 年,我国两型新一代驱逐舰——武汉舰和海口舰双双成为中国海军首批赴索马里海域护航编队中的成员,"中华神盾"横空出世。

中国海军护航舰艇编队公布的时候,大家既感到情理之中,又感到意料之外。

私下里,作为设计者,专家们一直在猜测这份首批护航编队的名单。他们推断,微山湖综合补给舰出征是肯定的。武汉舰的可能性也很大,因它具有防空、反舰、反潜能力,称得上是作战攻击的"多面手"。但他们怎么也没有想到,同样由他们设计研制的海口舰居然也在名单之列。

◎ 海口号导弹驱逐舰(舷号 171)于 2003 年 10 月 23 日在江南造船厂下水

不过,他们很快就明白了名单的深意:让这两艘国产新型驱逐舰联袂搭配,意味着中国海军首批派出的是现役水面作战同等级舰艇的"最强阵容"。

"中华神盾"的横空出世,有多少荣光,背后就有多少荆棘。

第一次听到"中华神盾"这几个字,在海口舰总建造师眼中,这一头衔"名副其实,别具深意"——

全新升级的防御体系被冠以"神盾"的美名,"中华"二字也恰如其分:"海口舰实现了同系列舰船从自主设计、多国配套到自主设计、自主配套的跨越,是我国海军装备从引进、研发到自主创造的标志性产物,是我国第一型具有自主知识产权的海军装备。"

"自主设计"四个字背后蕴含的艰辛,或许只有深处其中的人方能体会。2009年,中华人民共和国成立60周年之际,中央电视台推出了反映我国国防科技和武器装备发展辉煌历程的大型文献纪录片《使命》。作为一部献礼片,《使命》披露了"中华神盾"导弹驱逐舰等新型武器装备的艰难研发过程。

关于设计研发过程中的种种困难,这位专家从未在记者面前透露过太多细节。这位低调的院士似乎把所有的激情和能量都用在了一次次攻关冲锋上,工作之外总保持着一种天然的收敛本能。散见于报端的关于他设计研发的文字,也属于那种公文中常见的"总结体",客观而理性——

他带领研制团队，应用现代舰船设计理念，采用诸多新技术、新工艺，成功实现了体现现代国防工业先进水平的多个新研制的系统、几千台套装备的综合集成和优化配置；主持突破了以先进的水动力布局、全舰物理场特征值控制、一体化的综合作战指挥控制系统、复杂电磁环境下的电磁兼容性等多项总体关键技术。

尽管缺乏种种感性的细节，但一个可参照的坐标是，中国第二代驱逐舰设计完成时，仅运到船厂的手绘设计图纸就有1吨多重！由此可见第三代驱逐舰"中华神盾"的设计难度。

10年磨一"舰"，终于铸就"中华神盾"！西方某权威机构给出结论：该型舰总体隐身性外形具有鲜明时代特征，信息化程度高，平台设计优化，航海性能和作战能力强，成功实现了中国海军驱逐舰从第二代向第三代的跨越，使中国成为世界上少数几个能自主研制防空型驱逐舰的国家之一。

这个结论道出了"中华神盾"横空出世的标志性意义之所在。因为装载了国产相控阵雷达和垂直发射系统，"中华神盾"终于有了与美国"宙斯盾"驱逐舰比肩的可能。

在西方神话里，宙斯最厉害的武器有两个，一个是"雷霆"，一个是"宙斯之盾"。宙斯的"雷霆"，连众神也会为其力量震慑；"宙斯之盾"却充满着魔法，连宙斯的雷霆也对它丝毫无损。

在舰载国产有源相控阵雷达研发中，在业界赫赫有名的某研究所立下了汗马功劳。在最初立项时，他们遇到的困难"就像一座几乎不可能翻越的山"。很多技术储备对于当时的中国来说都是空白,美国为了实施技术封锁,宁可让某些电子企业保持僵尸状态,也不出售任何技术给中国。当时,中国海军对某型雷达的需求已经到了"非要不可"的地步,科学家们向中央立下军令状:"非做不可。"

2018年1月16日,中央电视台中文国际频道播出了反映中国雷达技术的专题片《中国之盾》,里面披露了大量"中华神盾"舰载雷达的研制生产内幕。为了完成新雷达的研制任务,中国科技人员是把时间掰开来用。一位研究员透露他曾1个星期没有睡觉,大家都是轮流排班,设备一天干20小时,人员是24小时工作。在此期间,一位总师级别的研究人员张亚朋因劳累过度,患肝癌不幸逝世,年仅46岁。

这部专题片还透露了这样一个细节:在测试阶段,他们遇到了各种问题。其中一个问题曾经困扰美国宙斯盾雷达系统2年多才解决,但他们用了半年就解决了。如今,这款雷达已进入系列化发展,成为越来越多升级版"中华神盾"的核心部件。

在"中华神盾"横空出世的故事里,如果说总设计师及其同事们的故事是贯穿首尾的总纲、某型雷达的故事是其中的核心章节,那么,对于首次装舰的新研制设备高达70%的海口舰来说,这些故事仅仅是露出海面的冰山一角。

现在,轮到另一个主角上场了。

（二）

已经过去10年了,朱桂全至今还对那副对联记忆犹新——

上联:五千年华夏魂热血传承绵延不绝今观海军官兵
报效祖国铸中华神盾

下联:六十载新中国忠诚永固继往开来且看先锋男儿
献身使命锻海上铁骑

横批:再立新功

2009 年,《解放军报》向全军官兵发起"迎新春暨国庆 60 周年楹联"征文活动。朱桂全所在的哈尔滨舰以全体官兵的名义撰写了这一副对联,被选中刊发在当年 4 月 19 日的《解放军报》上。

"对联中镶嵌的'中华神盾',是为了向海口舰致敬。"身为"中华第一舰"哈尔滨舰高级士官,朱桂全毫不掩饰自己对海口舰的羡慕之情。

是致敬,也是一种传承。哈尔滨舰和海口舰,分别是中国第二代、第三代驱逐舰中的"明星舰"。巧合的是,它们系出同门,出生在同一个地方:上海江南造船厂。

百年船厂,映照梦想,见证雄心。

首都北京,中华世纪坛前青铜甬道上的"中华大事记"中,记载着这样一句话:"公元 1865 年乙丑,清穆宗同治四年,第一个大型近代企业江南机器制造总局在上海建立。"

从诞生之日起,江南造船厂就承载了一个民族的富国强兵之梦。从江南机器制造总局到江南船坞,从江南造船厂到江南造船集团,它的每一步发展,都见证着国家的兴衰荣辱,堪称国运的"晴雨表"、时代的"风向标"。

年近古稀之年的张国新没事爱往船坞和码头跑。老人最享受的一件事,便是亲眼看着一艘艘现代化巨轮和战舰,从长江口拔锚起航,驶向大海。

中国第一炉钢、第一门钢炮、第一艘铁甲兵轮、第一台万吨水压机……说起江南造船厂的荣耀历史,这位中船重工集团公司首席专家如数家珍:新中国成立后,"江南人"攻克了许许多多技术工艺难关,填补了我国工业发展史上一个又一个空白。

在"江南人"填补的这些空白中,海口舰绝对占有一席之地。时任海口舰总建造师的张国新后来回忆,接到承建中国海军新型导弹驱逐舰的任务后,艰巨的压力几乎同时伴随着光荣的喜悦而来。种种迹象表明,这是继建造"中华第一舰"之后,江南造船厂遇到的又一个挑战。

如今,承建海口舰的要求更高,难度更大。张国新说,当时至少有三大难题摆在他和同事们面前:"一是周期短,任务重;二是装备新,舰上新装备比例高且为自主研发,新装备装舰技术是一大工程难题;三是管理难,工程复杂、关系复杂,对江南集团的生产资源调配、人员管理能力是个巨大的考验。"

在传统中找原动力,在创新中找驱动力。其中的攻坚克难和一次次的挫折自不必说,其中的加班加点吃苦奉献自不必说,张国新忘不了的是一个又一个"首次"——首次采用总段建造技术,改变特装安装的工艺,缩短了特装安装周期,提高了安装精度;首次采用船体结构与特装一体化技术,解决了海口舰雷达的安装难题……在这些"首次"的奠基下,"中华神盾"品牌不仅成为江南造船建造的精品工程,还成了江南造船名副其实的金字招牌。

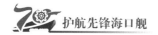

时隔多年,这些"首次"之所以让张国新念念不忘,是因为这些闪着创新光芒的探路脚印,已经成了固化下来的经验和传统。正因为站在海口舰开辟的这些"首次"肩膀上,江南造船开启了"中华神盾"批量化建造模式。此后,在"中华神盾"系列舰船建造的基础上,江南造船又建造了新型万吨级驱逐舰,引起了全社会的广泛关注。

从江南,到深蓝。每造一舰,"江南人"心里便会多一份牵挂。那天,在南海大阅兵的电视新闻里见到那么多从这里驶出的熟悉的军舰身影,张国新原本平静的心再起波澜。

"你看,'中华神盾'的名字多好啊!中华神盾,护佑中华!"说到此处,这位40年前走上舰船监造岗位的"江南人"眼神里映射着年轻的光芒,脸上绽放着幸福的笑容。

是的,相比于见证一个半世纪历史风云的江南造船厂来说,这位年近古稀的"江南人"仍然觉得自己是年轻而又豪气的追梦人。

从历史深处走来,乘着中华崛起的风云之势,未来还将有更多"中华神盾"从长江口奔向大海,走向深蓝。

这是一家百年船厂的青春心跳,这是一个国家和民族的梦想脉搏。

(三)

十几年前,樊继功接到集结命令启程去上海接舰的时候,邹琰刚毕业分到舷号为"564"的宜昌舰一个月。邹琰的一个同学也接到了去接海口舰的命令,"眼睁睁地看着他们在码头上集结出发,用现在的话说,真是羡慕嫉妒恨"。

尽管十多年过去了,邹琰脸上的表情仍是掩饰不住的羡慕。那时候没人会知道,十几年后,樊继功和邹琰会成为海口舰的时任主官搭档。

笔者有幸多次采访樊继功和邹琰这对搭档,也曾多次尝试着把他们拉回到十多年前的历史现场。面对笔者对一些细节的追问,舰长樊继功有时候会老实承认:"听说要去接海口舰,除了兴奋,其他已经没多少印象了。"政委邹琰也说过类似的话:"当年部队管理严,网络信息还很闭塞,互联网上关于'中华神盾'的讨论我们一概不知,只知道,这是一艘最好的舰。"

的确,那时候,海口舰还在江南造船厂的船坞里,"远没有今天这么多名头"。大多数接到命令就出发的首批舰员们,并没有意识到,这一步对于一艘舰、一群人、一支部队意味着什么。或许,只有等多年之后再回望当初的一幕幕,一些意味深长的细节才会更加清晰,一些耐人寻味的场景才会被反复咀嚼,一些更恒久的价值和意义才会渐渐浮现出来。

最深刻的印象,定格在首批舰员们与海口舰的第一次见面。时隔多年,搜寻记忆,最先涌到海口舰首批舰员嘴边的关键词大同小异:"震撼""自豪""兴奋"……

机电部门轮机技师周帅仍记得第一眼看到海口舰的情形。到了造船厂,一放下行李,当年只有26岁的周帅就迫不及待想到船台上去看看这艘新型战舰。"很震撼,很壮观!"庞大的体量,流线型、封闭式的舰体让这个刚从老式护卫舰上抽调来的士官赞叹不已。

内心充满兴奋的,不止周帅一人,而是海口舰每一个首批舰员。指控技师周文明清晰记得接舰的每一个瞬间。仰望着与众不同的新型雷达,抚摸着防空导弹垂直发射系统,周文明那一刻的心情,化作成一句颇有诗意的话:"梦中的'中华神盾'啊,我终于见到你了!"

机电部门巡航柴油机班班长王东的自豪来得更为理性。"我到海口舰上首先感到的是观念上的冲击。"这名42岁的二级军士长,当年从本专业30多名竞争者中脱颖而出,成为海口舰首批舰员。他说,在老式护卫舰上主要练的是感觉技能,看、听、嗅、摸,就能感知设备状态,及时发现故障。而在海口舰上,一切实时显示在电脑上,一目了然。

除了高大上的装备,生活条件的改善也是这些老兵津津乐道的事。"以前出海带的淡水有限,只够做饭和饮用,洗澡基本靠天下雨。航渡过程中看到有云,就航行到雨区,拿水桶接水。"周帅惊讶地发现,眼前的这艘舰上的造水机可以满足全舰官兵生活用水,冰库里存放的新鲜蔬菜足够吃半个月,封闭式的舰体内有空调调节温湿度,餐厅宽敞舒适。

"对比以前待过的老舰,就像一个天一个地,震惊之余觉得自己太荣幸了。"周文明说,"我们这些兵,很多都是从老舰上过来的。老舰上灯光发黄,兵舱是三层吊铺,上下特别不方便,个子高的晚上都不敢喝水。吃饭,全都在码头上蹲着。一到海口舰,连部门的名字都是全新的。"

"这是一艘几代水兵梦想中的军舰。"王东说的话,是当初接舰那批年轻人的共同心声。

当海口舰迎来这群驾驭它的海军军人,它的故事高潮部分也就此拉开了序幕。这是一艘中国最新型战舰与一群年轻的中国海军军人的互动。一艘战舰给一代舰员注入的绝不仅仅只是震撼和新奇,一代舰员给一艘舰注入的也绝不是肤浅的兴奋和自豪。他们终将在相互审视中日生情愫,日渐融合,最终人舰合一。

作为中国海军新型驱逐舰首批舰员,等待他们的注定是一条艰辛之路。事实上,最初的自豪和兴奋很快便被另一种情绪所替代。即便是十几年过去了,当初接舰的老兵们似乎仍笼罩在当年前所未有的压力之中。

"学好专业、学好装备"成为所有首批舰员的共同的最大的压力。"学不好,真对不起这艘舰啊!"樊继功说。在当时,"一体化联合作战"还是一个时髦词汇,但在海口舰上面却是一个客观存在。"登上海口舰,随着你对它了解得越来越深,你就会强烈感受到,一种全新的作战方式正在呼之欲出。"

"中华神盾",横空出世,挑战空前。上级给海口舰提出要求:"三年打基础,五年出战斗力。不宣传,不报道,三年不见报。"首任舰长胡伟华反复对他的舰员们说的一句话是:"老老实实做人,踏踏实实做事。"

在樊继功眼里,舰长胡伟华是"很有'杀气'的一个人,集合跑步,往那儿一站,全舰立刻鸦雀无声"。胡伟华有句特别有"杀气"的话,一直回响在樊继功的耳边,早已被后者视为座右铭:"我们必须用最短的时间形成战斗力!没有什么不可能,没有什么做不到,海口舰就是用来创造奇迹的!"

让二级军士长皇甫晓伟最佩服的是,"再平常的话从胡舰长嘴里说出来,都会充满'杀气'"。如今,这位老兵仍记得胡伟华说话时的标配表情:"眼睛一瞪,眼白上还带着熬夜的血丝。"

◎ 海口舰舰员进行损管训练(李章龙 摄)

那天,全舰人员集合,皇甫晓伟再次听到一个带有"杀气"的命令:"各个专业各个部门都要向工厂拜师傅,老老实实学艺!"皇甫晓伟记得,后来全舰叫响一个口号:"建设学习型舰艇,做知识型士兵。"

不学习,真不行。说来也奇怪,"没有好装备盼好装备,有了装备却怕起了好装备"——中国最先进的驱逐舰,带给这群舰员的不是踏实,而是没底;不是信心,而是恐慌。

无论从哪个角度看,海口舰都堪称一型跨代驱逐舰。它所装备的先进武器装备,对于周文明等首批舰员来说,不要说没摸过,"见都没见过"。

在老式的护卫舰上,周文明操控的是导航雷达。当他加入海口舰这个集体时,没想到首任舰长胡伟华竟要他改行操控指控系统。

当在某科研所看到指控系统装满一个大大的房间时,周文明的脑袋一下子蒙了。他对胡伟华说:"舰长,这活我干不了,还是让我干老本行吧。"胡伟华眼睛一瞪:"你给我老老实实在这里待着,给你3个月,学不会看我怎么收拾你!"

周文明被舰长死死地摁在了某科研所。3个月,他啃了20多本专业书籍,记了三大本笔记。开始时是老老实实跟着师傅起早贪黑,一点一点熟悉线路,一处一处学习排故障。后来,为了学到更多东西,周文明是没有故障也要故意制造故障,让师傅多教自己几招。

36岁的舰空导弹区队长李卫华第一次见到海口舰的舰空导弹系统时,甚至产生了一些畏难情绪。"这完全是一个跨越,二三十台设备,学习资料一米多高。"他回忆说,"能不能学好,我在心里打了个大大的问号。"

"实际接触以后,我发现装备的自动化程度很高。"周帅说。以前自己只需要掌握燃气轮机的结构和机械原理等知识,面对着众多的自动监测、控制、保护设备,他发现自己要学的东西还有很多。

"我们人人都有知识恐慌、本领恐慌、信息恐慌、理念恐慌……"回忆起那段日子,电子战技师吴斌说,"大家都感到身后有一匹饿狼在追赶,不向前冲就有可能被它吞了……"

说来奇怪,看到大家这么没底、这么恐慌,舰长胡伟华的心里却反而越来越踏实、越来越有底。

胡伟华心里清楚,学习光靠一股"杀气"去逼是不行的,还要靠科学的办法和制度。首批舰员们被召集在一起,反复头脑风暴。七嘴八舌中,举措也越来越清晰——

制定出台《人才培养愿景规划》："培养一名尖子,带出一批骨干,撑起一个系统,驾驶一艘战舰。"

组织舰员能力大摸底:为全舰人员量身定制学习计划,定期组织考核、讲评,让每名舰员每天学有目标。

"走出去学":组织舰员分赴大连、天津、南京、无锡、武汉等地的院校、科研厂所参加专业培训。

"请进来教":邀请专家教授上舰,面对面、手把手地为官兵解疑释惑……

这些带有总结味道的经验条目,显然经过了充分的酝酿和提炼。虽然读起来枯燥甚至乏味,但只有内行的人才能品出佳酿的味道。

身处其中的首批舰员更深知,这些条目中的每一个字,都连着他

◎ 战士们爱护装备就像爱护自己的眼睛一样

们的昼夜晨昏,连着他们的冥思苦想,连着他们的勤学苦练,连着他们的豁然开朗,连着他们的喜怒哀乐……

(四)

如今回过头来看,连最不会抒情的舰员也承认:那真是一段激情燃烧的岁月。

原上海卢湾区江南造船厂的一间仓库,被舰员们改造成为简易学习室。每天半夜这里还都灯火通明,学习氛围特别浓,就像"重新回到高中的课堂"。有人开玩笑说:"高中时学习要这么用功,北大、清华早考上了。"

© 2004 年 11 月 1 日,海口舰首批舰员竞争上岗

四级军士长李明是2004年5月到的海口舰,当时还是一名下士。为了尽快弄懂负责的主炮,他没事就钻进战位上学习琢磨。后来,只要有工厂的师傅来,李明都不让人家动手干活,自己上去干,让师傅在旁边指导。

李明记得,那时候舰长表扬人的方式很特别,看谁不错就和谁照张合影,让他寄给家人。记得有一次半夜一点,李明正在鼓捣装备,胡子拉碴的,一抬头,看到舰长正看着他。"当场和舰长拍了一张合影,寄给了妈妈。妈妈骄傲极了,家里一有亲戚来,就拿出那张照片说:'看,这是我儿子和舰长的合影!'"每当忆及此事,李明都开心得像个孩子。

首批舰员中,爱好鼓捣装备的不止李明一个。四级军士长于洋当时也只是下士,有一次修装备一不留神修了一个通宵,修好之后特别兴奋……

就在那段激情燃烧的岁月里,指控技师周文明实现了"质的飞跃",完成了艰难的转身。和周文明一样,许许多多的官兵们,都通过理论培训、技术培训和技能培训,完成了艰难的转身,全都以胜任的身姿站在了自己的战位上。

激情燃烧的岁月,打破常规的年代。几乎在同一年,李明、于洋、李卫华等一批年轻战士破天荒地当上了班长。

这是海口舰又一个"武功秘籍"。后来海口舰屡屡创造"第一"等不凡战绩,有人登门取经,得知这个秘密,恍然大悟:"怪不得海口舰能打,原来是有一群铁打的班长!"

"铁打"的班长是竞选出来的。为了充分释放人才潜力,让优秀人才喷涌而出,海口舰打破按部就班、论资排辈的惯例,实行班长竞争上岗。竞选现场,由院所专家、舰领导、部门领导组成评委团。除了专业技能理论和实作考核、授课展示,每名竞争者还得上台发表竞选演讲,当着全舰人员的面谈“施政方案”。然后由专家评委打分、群众评议,最终胜出者方能出任班长。

千锤百炼,炼出一块块合金钢;“相马”变“赛马”,赛出一匹匹千里马。自此,一大批优秀骨干走上班长、技师岗位,成为海口舰的“龙骨”。

如今还在海口舰上服役的首批舰员,每个人都有一段“过五关斩六将”的竞争上岗经历。“专业扎实,作风过硬。”副对空长郭学辉调入海口舰之初,就感受到了这批专业骨干的独特魅力,“如果将海口舰比作一座大厦,这些老舰员就是这座大厦的根基。”

对于海口舰首批舰员来说,学好专业只是打牢了其中一个根基。另一个重要根基,从一开始就在他们灵魂深处牢牢种下。

柴油机班班长王东依然记得,首任舰政委梅文带领他们瞻仰中共一大会址,面对党旗宣誓时的情景。接舰期间,他们参观了嘉兴南湖红船,首次试航舟山,他们还去参观了鸦片战争遗址公园,瞻仰了定海三总兵像……

“党和国家把这么重要的装备交给我们,这是天大的信任,更是天大的责任。我们必须把这个撒手锏用好,把任务完成好,不辜负厚望。”回忆起当初的情景,梅文仍历历在目。

在这位后来担任辽宁舰首任政委的优秀指挥员看来,从南湖红船这艘我们党的“母亲船”,到披坚执锐、走向深蓝的“中华神盾”,有一

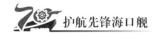
种血脉在赓续传承。

海口舰和辽宁舰,真是有着千丝万缕的联系。海口舰的总设计师,后来成了辽宁舰的总设计师;海口舰的首任政委梅文,后来成了辽宁舰的首任政委。翻开辽宁舰首任舰员的花名册,还有不少舰员的名字曾经出现在海口舰的花名册上……

巧合中蕴含着必然,在海军部队,职业生涯中有了"中华神盾"的履历,总是会更有机会到更大更先进的平台。组建之初,海口舰就提出建设"种子型部队",培养"种子型人才"口号。后来的事实证明,当年打下的基础、种下的种子,已经长成了枝繁叶茂的参天大树。

只是他们中,有人再也没有机会看到这一天。当海口舰缓缓驶出造船厂时,为之付出无数心血的副舰长李殿军倒下了。

在那段燃烧激情的岁月里,李殿军燃烧的是自己的生命。那段时间,李殿军一直"铆"在舰上,白天协调厂家改装设备,晚上核对工程单,全然没有察觉身体对他的种种警告。医院诊断:李殿军因长时间过度劳累,癌细胞大面积扩散。住院18天后,李殿军就永远离开了他的战友,离开了他挚爱的战舰。

电视剧《亮剑》中有一段著名的台词:"一支部队也是有气质和性格的,而这种气质和性格是和首任的军事主官有关,他的性格强悍,这支部队就强悍,就嗷嗷叫,部队就有了灵魂,从此,无论这支部队换了多少茬人,它的灵魂仍在。"

事实上,对于一艘战舰也一样。首任舰员的气质和性格,决定了这艘战舰的气质、性格乃至灵魂。

多年以后,胡伟华仍记得那年夏天驾驶着海口舰,从长江口驶向

◎ 航行中的海口舰(李昌寰 摄)

大海的每一个细节。

那是 2005 年夏日的一天,长江口外海,风平浪静。伴随着一声长鸣,一艘全新的驱逐舰缓缓驶出江南造船厂,奔向一望无际的大海。

这是一艘中国真正意义上的现代化驱逐舰,集聚了中国最新的科学技术和当时最为先进的武器装备。前方辽阔的航道上,"中华神盾"更多空白地带,等待着舰员们去突破;更多战绩与荣誉,等待着舰员们去创造;更多光荣与梦想,等待着舰员们去见证。

站在高高的驾驶室里,首任舰长胡伟华胸中澎湃着一股旁人不易察觉的底气:中国终于有了一柄可以叱咤深蓝的利剑!

转眼 10 多年过去,"中华神盾"这柄利剑,也在一代舰员的磨砺下愈加锋利,闪耀着名副其实的荣誉之光:

挺进深蓝——入列以来,海口舰足迹遍布美洲、非洲、亚洲,跨越

印度洋、太平洋、大西洋,累计航行 34 万海里、近 3 万个小时。

护航深蓝——自首批亚丁湾护航以来,海口舰至今已 3 次圆满完成护航任务,被国际海事组织授予"航运和人类特别服务奖"。

砺剑深蓝——海口舰曾参加多国联演和 30 多次重大演习演练,被海军授予"护航先锋舰"荣誉称号,先后荣立集体一等功、二等功各 1 次……

如今,首批舰员樊继功已成长为海口舰舰长。站在驾驶室里,樊继功摊开世界地图,向前来采访的记者细数着这艘"明星舰"的

© 2014年7月24日,海口舰参加多国联演任务,与外国海军同台竞技(胡锴冰 摄)

耀眼履历。不知多少次,他的耳边总是会回响起胡伟华那句特别有"杀气"的话——

"没有什么不可能,没有什么做不到,海口舰就是用来创造奇迹的!"

海口舰故事的未来章节,等待着他们继续书写。如果要给这个未来章节起个标题,樊继功觉得,这个标题早在16年前他们接舰的时候就已经起好——"只有两个字,只能是这两个字:奇迹!"

》》第二章
国产驱逐舰"升级"之路

2018 年,海口舰舰长樊继功 40 岁。全国媒体掀起宣传报道海口舰热潮的时候,有记者注意到这样一个细节:与改革开放同龄的一代军官已经住进"中华神盾"的舰长室,成为驾驭共和国深蓝利剑的新一代掌门人。

在中国迎来改革开放 40 周年之际,这个细节意味深长。海口舰向来被视为改革开放带来的丰硕成果之一。时代所孕育的能量如此之大,在此刻"人器合一"这一载体上体现得淋漓尽致。

倒回 40 年前,展望今天这一场景,是一件需要极富想象力的事情。1979 年,樊继功出生的第二年,中国自行研制和生产的第一代导弹驱逐舰首舰济南舰,距离入列刚刚过去 8 年。此时,远在太平洋彼岸的美国已经完成了"阿利·伯克"级导弹驱逐舰可行性研究。这款后来被称为"宙斯盾"级别的驱逐舰,代表了当时美国海军驱逐舰的最高水平,其作战能力把我国第一代导弹驱逐舰远远甩在了身后。

在世界驱逐舰发展坐标系上,中国海军与世界强国海军的"时

间差"是实实在在的。在整整一代人的成长过程中,中国海军驱逐舰的发展就如同这个国家的发展一样,开始了让世界惊讶的加速追赶。

站在2018年的时间节点上回望,被誉为"中华神盾"的中国第三代驱逐舰海口舰的横空出世,恰恰是追赶过程中的关键一步。几乎从它出生那天起,附加在其身上的意义便成为一代军人和一代战舰必须承受之"重"。

熟知海军史的人都知道,拿来命名全新一代驱逐舰的海口号,并不是一个新名字。

上一艘海口舰是某型火炮护卫舰的首舰,是江南造船厂建造的中国海军首型自行建造的千吨以上主战舰艇,1966年服役,1980年代退役。同型的南充舰,曾在1988年的赤瓜礁海战中建功立业。

海口舰舰名的重生显然不是孤例。有心人注意到,随着海军主战舰艇加速更新换代,复活的老舰名不断增多。中华人民共和国成立后,海军从苏联引进的驱逐舰"四大金刚"中,抚顺号舰名也复活了,如今是一艘舷号为"591"的轻型护卫舰。那些光荣舰名的再度复活,成为世界观察中国海军不断升级的一个生动视角。

1978年,樊继功出生的时候,中国海军赫赫有名的"四大金刚"开始逐渐淡出历史舞台。2003年,樊继功去接海口舰的时候,中国海军很快迎来新"四大金刚"时代。又16年过去,海口舰已"新船变老船",新"四大金刚"的名单也在不断刷新。

从1994年服役的"中华第一舰",到21世纪初服役的"江南四舰客",再到2014年服役的"中华神盾2.0"首舰昆明舰……"过气网红"不断让位"新晋网红"，已成为中国海军快速发展征程上再寻常不过的风景。新加坡《联合早报》称："这一幕在世界造船史上也实属罕见。"

观察中国海军驱逐舰加速发展的另外一个视角，是海上阅兵。

1957年，新中国首次海军大检阅中，担当主角的是北海舰队的四艘进口苏联的舰艇：鞍山舰、抚顺舰、长春舰和太原舰。当时这四艘驱逐舰是中国海军吨位最大、战斗力最强的主力舰只，号称"四大金刚"。

1995年，中国海军在黄海某海域举行了海上阅兵式。此次检阅中担任旗舰的是中国第一代具备远洋作战能力的导弹驱逐舰哈尔滨舰。

2005年，中俄两国海军在联演结束之后举行了海上分列式。此次中国海军现代化驱逐舰精锐尽出：哈尔滨舰、杭州舰、广州舰……其中，中国自行研制建造的某型驱逐舰首舰广州舰和武汉舰、兰州舰、海口舰并列称为中国海军新"四大金刚"。

2009年，中国海军举行了多国海军海上阅兵仪式。此次共有25艘中国舰艇受阅，受阅的海军武器装备全部为中国自行制造。

2018年，中央军委在南海举行海上大阅兵式。辽宁舰航母编队精彩亮相，以升级版"中华神盾"为代表的新列装战舰占受阅舰艇一半以上。

时间的意义，远不能用长度来衡量。如果只看结果，不看过程，中国海军的追赶更像是一个难以置信的"意外"。如果只见其表，不究其里，中国海军走过的道路，更像是一个不可思议的"传奇"。

◎ 2018年，中央军委在南海举行海上大阅兵式(莫小亮 摄)

历史,往往在经过时间沉淀后可以看得更加清晰。

1949年4月23日,新中国海军在江苏白马庙成立,当时,海军拥有的俘获及购买的舰艇中没有一艘驱逐舰。

新中国造船工业史上最宏伟、最曲折、最悲壮的一幕就此拉开,用诗人席慕蓉的一句诗来形容就是:"所有的结局都已写好,所有的泪水也都已启程。"

当江南造船厂的码头迎来海口舰第一批舰员,所有亲历者和见证者们此刻流下的一定都是幸福的泪水——正如其中一位工程师所说:"那真是梦想成真的味道。"

没有人能够脱离时代而成长,同样,也没有人能够脱离时代去追梦。海口舰舰长樊继功先后在6艘驱逐舰、3艘护卫舰上工作过,他特别认同政委邹琰所说的这句话:"赶上海军转型建设加速发力的时代,我们这一代人的成长速度是绝无仅有的。"

如果仔细凝视这一对搭档的成长历程,你也会同意邹琰的判断。他们成长的"枝繁叶茂"处,恰是时代召唤时。他们的每一次人生选择,都是这棵生命之树与时代雨露的相遇、相守与相约。

(一)

1992年5月4日,樊继功还正坐在初一的教室里安静地上课。这一天,《解放军报》在一版刊发了一则标题为《我海军驱逐舰编队全部国产化》的消息,导语写道——

共和国第一艘驱逐舰,也是服役的最后一艘苏制驱巡舰——鞍山舰,走完了它的蓝色征程,被批准退出现役。从此,巡弋在祖国万里海疆的驱逐舰编队已全部由国产现代化导弹驱逐舰组成。

要等到多年以后加入海军,樊继功才能明白,这则消息对于他所从事的这份事业意味着什么。鞍山舰原名"列什切里内依(果敢)"号,是中国向苏联购买的第一艘驱逐舰。曾几何时,它与抚顺舰、长春舰、太原舰一起,并称中国海军"四大金刚"。

"外观刚毅,舰形俊朗,舰炮火力也引领一时风骚。"樊继功记得一位讲授海军史的教员说,"'四大金刚'绝对是当时中国海军的图腾式装备。"

往事并不如烟,历史踏出的每一步都有迹可循。讲述中国海军驱逐舰往事,昔日"四大金刚"是绕不开的一个章节。

在混杂着眼泪与热血走向深蓝的航程上,这是一个艰难的起点,也是一段传奇的开始。中国海军战舰和造船工业艰苦创业的种子,也在那一刻播下,并由此开启了一段荣光与隐忍交相辉映的奋斗岁月。日后,海口舰等"中华神盾"荣膺中国海军驱逐舰新"四大金刚",仍可看作是对一代经典传奇的致敬。

时光回溯到1950年3月,新上任的海军司令员风尘仆仆到了山东威海。为了过海到刘公岛设防勘察,随行人员向当地渔民租了一条小船。渔民不解地问:"海军司令还要租我的渔船?"将军对随行人员语气沉重地说:"记下来,1950年3月17日,海军司令员乘渔船视察刘

37

公岛！"

其实，这正是人民海军成立之初的真实写照。那时的人民海军还处于一穷二白的起步阶段，装备均来自缴获或接收的日伪、国民党海军，性能落后，吨位也小。

1949 年 2 月，国民党海军最大的巡洋舰"重庆"号起义成功，中央军委命令要保护这艘排水量为 5270 吨的军舰，下令从上海驶向解放区烟台的"重庆"号再驶至葫芦岛隐蔽起来。

国民党对"重庆"号巡洋舰起义十分恼怒，连续 4 天出动美制重型轰炸机轮番轰炸，使舰体多处受伤。由于缺乏海上空中保护力量，中央军委为保存实力，下令"重庆"号放水自沉。20 世纪 50 年代，人民海军将"重庆"号从葫芦岛海底打捞起来，发现该舰已不能作为战斗舰使用了。于是，这艘曾经是中国海军最大的水面舰艇成了废铁一堆。

为了加快海军建设，中国决定向苏联购买舰艇装备。正是在这种情况下，4 艘原本淘汰于二战的老舰，才有机会一路驰骋来到中国。此后，在中国海军的序列里，它们分别被命名为鞍山舰、抚顺舰、长春舰和太原舰。

作为我国海军的第一批驱逐舰，这 4 艘战舰堪称是海军起家的绝对元老。"鞍山"和"抚顺"两艘驱逐舰于 1954 年 10 月 26 日在青岛接收，"长春"和"太原"两舰则于次年 6 月 28 日在同地接收。由此人民海军拥有了第一代驱逐舰。

1954 年 10 月 25 日，青岛永安大戏院，人民海军第一支驱逐舰部队"中国人民解放军海军驱逐舰大队"正式成立。在 20 世纪 50 年代，这支年轻的驱逐舰大队是中华人民共和国海军中最现代化的部队，也是当时人民军队中难得一见的现代化部队。海军驱逐舰大队手中的王牌装备,就是刚刚入役几天的4艘驱逐舰。

在那个海防最为艰难的时代,这些排水量达到上千吨的驱逐舰,带领人民海军从近岸走向了近海,在相当长的一段时间内撑起了祖国的海防重担。

1962年4月12日,鞍山舰、长春舰、太原舰奉命出航,前往监视从日本佐世保开到中国领海附近进行电子侦听的美国海军驱逐舰"狄海文"号,这是解放军海军首次派舰到12海里领海线外执行任务。

1962年5月17日,太原舰奉命出航,前往驱逐侵入福州以东领海的美国海军驱逐舰"格里高里"号。同年7月5日,美国海军驱逐舰"弗兰克·诺克斯"号侵入青岛以东领海附近用雷达侦察解放军舰艇活动。太原舰奉命前往监视,双方对峙3天,美舰悄然离去。

1963年9月30日至10月6日,美国海军驱逐舰"布鲁"号三次逼近长山列岛以东24.5海里处,用雷达跟踪山东半岛上空目标,侦察解放军是否部署新型飞机或导弹。鞍山舰、抚顺舰奉命前往监视并驱逐,先后向美舰发警告36次,双方对峙8昼夜,直至美舰撤退。

海军驱逐舰大队的组建,给不时骚扰我国沿海的美军以巨大震慑。在此后的30多年时间里,"四大金刚"单舰或多舰先后50多次参加重大演习和合成训练,一次又一次圆满完成诸如南沙战斗巡逻、护航及向太平洋发射运载火箭保障等重大任务。

到20世纪50年代中期,美国、苏联等军事大国的海军已装备反舰导弹,相继有了导弹驱逐舰。而此时中国海军"四大金刚"的主要武器依旧是鱼雷和火炮。鉴于此,从1955年开始,中国海军及时对"四

大金刚"进行了武器改装,到20世纪70年代初,它们已全部成功改装为导弹驱逐舰。与此同时,我国国产导弹驱逐舰也试制成功,1971年底,第一艘国产导弹驱逐舰正式编入海军部队战斗序列。

英雄总有谢幕时刻。1988年,长春舰退役,恰逢青岛海军博物馆筹建,遂担当了进馆展出任务,并成为全国著名的海军国防教育基地和中央电视台海军题材摄影基地。1992年拍摄的电视剧《北洋水师》,剧中出现的"定远""致远""经远"等舰,均是由长春舰扮演的,所有军舰场景基本均在长春舰上取景拍摄。

英雄谢幕,散落天涯。随着1992年鞍山舰退役并进入海军博物馆收藏陈列,长春舰最后在乳山市银滩海边安度晚年,抚顺舰在退役后被拆解,太原舰此后则停泊于大连老虎滩。

今天,昔日传奇已被传说替代,但传奇永不褪色。

"黑白色的战舰从彩色的时代急流勇退,身上洒满了夕阳给予它的荣耀与光彩。就算在历史舞台里悄然落寞,也始终保持着孤独的雄姿……"

正如一位网友在论坛上的这段留言,中国海军"四大金刚"的威名注定载入史册。今天,淡出历史舞台的它们当笑慰海天,因为它们的"后继者"们早已接过它们的接力棒,不断书写新的光荣与梦想。

21世纪前后,从俄罗斯引进的4艘"现代"级驱逐舰,被称为第二代"四大金刚"。它们分别是——杭州舰、福州舰、泰州舰和宁波舰。

几年后,广州舰、武汉舰、兰州舰和海口舰相继横空出世。这些带着"中国造"耀眼光芒的"中华神盾",被唤作第三代"四大金刚"。它们一举将中国海军的实力拉进了同世界一流海军强国相媲美的时代。

◎ 直升机从高速航行的广州舰上紧急起飞前往指定海域执行搜潜任务

◎ 兰州舰参加远海训练任务中,正航行在大洋上(陶宏祥 摄)

◎ 2018 年 4 月 4 日，南海海上阅兵任务海口舰准备期间（于林 摄）

如今，随着升级版"中华神盾"昆明舰、长沙舰、合肥舰和银川舰的相继服役，新一代"四大金刚"名单势必再一次被刷新……

从昔日"四大金刚"到不断升级的新"四大金刚"，中国战舰大步追赶并缩小着与世界的"时差"。没有对世界"时差"的清醒认识，世界战舰发展坐标系上，就不会有中国海军"四大金刚"这条醒目的"位移"轨迹。

（二）

"中华神盾"海口舰下水那一年，距离美军最先进的伯克级"宙斯盾"驱逐舰首次下水，已经过了 12 年；距离世界上第一艘驱逐舰的诞生，已经过去了 110 多年。

"这一步,我们紧赶慢赶,终于赶上来了。"樊继功忘记了接舰时那位满头白发的老专家名字,但他一直记着老专家含着泪花说的一番话:"五年陆军,十年空军,百年海军。这一步,不容易啊!"

"驱逐舰,就其魅力、成就或声誉而言,没有任何军舰能够与它相比。"著有《驱逐舰发展史》一书的英国作家安东尼·普雷斯顿认为,如果可以用一句话来概括它的特性的话,那就是:"它是一种壮观的、必不可少的和在航率高的军舰。"

但在诞生之初,驱逐舰既不"壮观",也绝非"必不可少",仅仅是被用来执行"对付鱼雷艇"这种单一任务。

那是 19 世纪 90 年代,世界海军的发展主流是"巨舰大炮",战列舰主导,巡洋舰辅助,依靠更大吨位的船、更厚尺寸的装甲、更大口径的炮碾碎敌人。

19 世纪 70 年代,第一艘鱼雷艇的出现成为"搅局者"。这种快艇排水约百吨,装备 30 毫米至 40 毫米小型火炮和鱼雷发射管,航速 20 节左右,能近距离发射鱼雷,威胁到巨舰的生存。

为了对抗鱼雷艇,1892 年 6 月 27 日,英国一次性订购了四艘"鱼雷艇捕捉舰"。当年 8 月 8 日,官方通讯中第一次出现了"鱼雷艇驱逐舰"这一用语。自此以后,"鱼雷艇驱逐舰"就作为新型军舰的专有名词使用了。

100 多年过去了,驱逐舰从过去几百吨的小型舰,变成今天这样巨大而又十分昂贵的多用途现代化战舰,除了名称留下一点痕迹之外,与以前的"鱼雷艇驱逐舰"几乎没有一点联系。

一个广泛的共识是,1893 年 10 月下水的英国皇家"哈沃克"号海

军驱逐舰,是世界上第一艘真正意义上的驱逐舰。从此,驱逐舰这一传奇舰种登上了战争舞台。

1914年第一次世界大战爆发时,作为标准舰种,驱逐舰已成为各海军强国阵容中的"轻骑兵"。在著名的日德兰海战中,英国"长矛"号驱逐舰打响了第一炮,拉开了世界现代海战的惨烈序幕。那一天,仅仅在宣战后13小时,它与"兰德雷尔"号驱逐舰便合力将德国辅助布雷舰"柯尼金·路易斯"号击沉。

驱逐舰在第一次世界大战中最宝贵的贡献,是在反潜和水雷战方面获得了意想不到的效果。事实证明,"在战斗中没有任何类型的舰艇比驱逐舰更适合担负此项任务"。面对德国潜艇的群狼战术,英美驱逐舰大显身手。它们体型小,速度快,数量多,机动灵活,比那些庞大的战列舰、重型巡洋舰实用多了。

战争加速了驱逐舰发展的进程,让它由一种专业化的小型舰艇迅速演变成战舰型,一跃而成舰队的重要组成部分。若干年后回眸,与其说海军军人们从战争中学到了更多设计和使用驱逐舰的宝贵经验,不如说他们"学到了勇敢的传统,以及在战斗中经过锻炼的技能与决心"。

很快,不断进化的驱逐舰和海军军人"经过锻炼的技能与决心",迎来第二次世界大战的洗礼和检验。

战争再一次证明:驱逐舰在数量上是不足的。这些驱逐舰被用来完成了比它们的设计者曾经梦想过的更艰苦的任务。它们也为自己赢得了比20年前更为巨大的荣誉。此时,参战各国海军已经深刻认识到:"没有任何一种战舰能够证明比驱逐舰具有更强的适应性,它几乎可以使用于不同目的。"

第二次世界大战中，飞机的大规模应用，使得驱逐舰逐渐挑起"防御"大梁。紧随其后导弹时代的来临，则让驱逐舰在进攻方面也得到了极大突破。随着时间长河的流淌，雄霸海洋的战列舰、巡洋舰退出历史舞台，驱逐舰终于从原先的配角，逐渐走上前台，进化为现代海军的顶梁柱，成为大国海军的象征和实力的代表。

在世界海军驱逐舰100多年的演化史上，中国至少缺席了三分之二的时光。历史无法假设，但"起跑得足够晚"的中国海军和造船工业一刻也没有停下加速追赶的脚步。

"紧赶慢赶"的成绩，换来网友"下饺子"的形象比喻，也让世界为之惊讶。但每每想起那位老专家的话，以及他眼中含着的泪花，樊继功总觉得有一种"光阴似箭""时不我待"的紧迫感。这种紧迫感，让他和战友们不敢须臾放松。

在挺进深蓝的航程上，驰骋在远海大洋上的各国先进战舰，不时闯进这位海口舰舰长和战友们的视野。在最近一次甲板上的闲聊中，一位刚上舰不久的"00后"舰员一番话，再一次提醒樊继功，"百年海军"的真正含义，其实指的是"只有在世界的坐标系中，你的每一步成长才更值得喝彩"。

那位"00后"舰员是个十足的军事发烧友，他没有舰长想得那么多，他只是随口算了一笔账："世界上最强大的驱逐舰，目前还是美军现役主力舰——伯克级驱逐舰。公开资料显示，国外海军现役共有各型驱逐舰近170艘，这款一直被'中华神盾'视为重要参照系、单艘造价在18亿美元以上的'宙斯盾'驱逐舰，就占了60多艘。这还不算游

弋在世界大洋各个角落的 10 余艘航空母舰……"

在那一次的甲板聊天中,樊继功还与那位年轻的军事发烧友探讨了如下新闻——

美国未来计划建造的新一代大型驱逐舰将集现役 3 型主力战舰的先进技术、理念于一身,旨在进一步拉大其他国家与美国之间的驱逐舰"代差";在驱逐舰断档建造 20 余年后,俄罗斯提出了建造万吨以上大型驱逐舰的建造计划……

如果以一种大历史的眼光看,这样的新闻实在算不上什么。在人类发展的时间轴上,国际军事竞争历来看似离普通人很远,但却是一种时刻都在悄然进行的命运之战。

幸好,作为追赶者的中国,不仅拥有这种大历史眼光,还拥有一批愿意为之付出一切的大时代担当者。他们时而抬头瞭望,但更多时候埋头赶路。他们前仆后继,生生不息。

我们即将讲述的故事主角,便是其中的杰出代表。

(三)

距离海口舰入列 8 年之后,长春舰正式加入海军序列。这是继海口舰之后,中国海军迎来的新一艘"中华神盾"。

中国海军昔日"四大金刚"之一长春舰的舰名,由新一艘"中华神盾"继承,显得格外意味深长。军事专家判断:长春舰的入列表明,"中华神盾"已进入批量生产阶段。

仿佛在一夜之间,"中华神盾"家族多了许多新面孔。日新月异的不仅仅是"中华神盾"的列装速度和升级版本,还有海口舰官兵前所未有的人生际遇。2015年12月,海军中士阮堉塑的军旅生涯,就像这支军种一样,迎来又一次飞跃——从海口舰被抽调到银川舰,成为我国自行设计生产的现役最先进导弹驱逐舰上的一员。

那一刻,阮堉塑觉得自己"就像做梦一样"。这位海军中士不知道,一位年近90岁的老人做了一辈子这样的梦。这位老人和更多默默无闻的同道者一样,毕其一生的使命就是为中国战舰"造梦""铸梦"。中国战舰一次次梦想成真的时刻,便是他们最幸福的时刻。

在密集的军舰下水、入列新闻中,一些大同小异的画面在许多人眼中只是转瞬而过。但在上海一幢普通的居民楼里,这位老人每一次都端坐在电视机前,聚精会神地观看,仿佛参加一场神圣的仪式。

老人名叫潘镜芙,中国工程院院士,中国船舶重工集团某所研究员,被誉为"中国导弹驱逐舰之父"。

1930年1月,潘镜芙出生于浙江湖州。抗战全面爆发后,为躲避战乱,7岁的潘镜芙不得不同家人一道乘着小船逃往上海。

"到黄浦江的时候是晚上,我看见了一片灯光,都是日本的军舰和外国的大船,没有我们自己的大船、军舰。当时我就想,如果长大以后能够造军舰多好啊!"那个夜晚深深地印在潘镜芙的脑海里,此生他再未忘却。

不是所有人都能得偿所愿,但潘镜芙却"总是属于幸运那一拨"。

20世纪60年代初期,中国着手研制65型火炮护卫舰,潘镜芙有幸成为团队成员,主持电气部分设计。初出茅庐的他,提出了一个大胆想法——"护卫舰上应该使用交流电"。

当时,国内所有舰船上使用的都是直流电,岸上使用的则是交流电。军舰一靠码头就要接岸电,要使用专门设备先把交流电变成直流电才能照明,一旦接错,电气设备就会烧毁,带来很大麻烦。

当时许多人对他说:"你这样做风险太大,把握性太小了,还是走老路保险!"年轻的潘镜芙不为所动,他确信自己的想法是正确的,并让这奇妙的想法变成了美妙的现实——该型护卫舰成为我国第一艘从直流制改成交流制的舰船。从此,国内所有水面船舶和舰艇都开始使用交流制。

潘镜芙为国铸舰的传奇故事,最为激动人心之处,就是他一次次"让奇妙的想法变成了美妙的现实"。

1966年6月,潘镜芙受命主持我国第一代导弹驱逐舰总体设计工作。驱逐舰上首次安装舰上导弹,将导弹、舰炮和反潜武器从单个装备组成武器系统,拉开了中国海军舰船系统工程设计的序幕。

在当时,这是一个不折不扣的创举。此前,中国军用舰艇上的各种武器,不论机枪、舰炮、鱼雷、水雷还是深水炸弹,都是单个装舰、互不联系、靠指挥员的口令来人工合成作战系统,快速反应、综合作战能力都很差。

有什么好办法?潘镜芙为此伤透了脑筋。一筹莫展之际,在一次碰头会上,钱学森的一席话深深影响并启发了潘镜芙。"钱老说,'军舰是个大系统,导弹只是舰上的一个分系统,把导弹系统装到舰上,要把它安排好,使它发挥最大的效能'。"多年后,潘镜芙对钱学森的话依然记忆犹新。

潘镜芙豁然开朗:要想建造一艘能作战的导弹驱逐舰,必须用"系统工程"的理念来规划设计,把单个装备变成一个完整的武器系统。那段日子,潘镜芙带着同事们跑遍了分散在全国各地的设计单位,"吃着窝窝头,每人每月三两油",终于率先解决了舰载武器按系统装备舰艇的技术问题。

1971年12月31日,我国第一代导弹驱逐舰首舰济南号交船完工,舰对舰导弹系统第一次装在了国产驱逐舰上。自此,我国驱逐舰进入导弹时代。

随后,潘镜芙率领团队攻克了远洋航行中油水补给等难题,在济南舰的基础上为中国海军编队成功设计了一艘指挥舰——合肥号导弹驱逐舰。

1980年5月18日,东风5号远程运载火箭成功发射,飞向太平洋上的指定海域。由6艘导弹驱逐舰组成的海军护航编队,在指挥舰合肥号的率领下胜利完成了观测运载火箭、发射后打捞和护航等任务。

这次远航,是共和国海军第一次冲破第一岛链,横跨赤道线,将航迹延伸到浩瀚的南太平洋。任务完成后,一位舰长对潘镜芙说:"我们的舰只能在家门口转一转的时代总算结束了。"

中国追赶,筚路蓝缕。虽然潘镜芙和同事们进入的是在中国近乎空白的领域,但他们一开始瞄准的却是世界最先进的水平。

1983年,我国第二代驱逐舰开始研制,潘镜芙再次担任两型驱逐

舰的总设计师。

1990 年秋天,持续 200 多天的大规模陆上联调试验结束,潘镜芙终于松了口气,设备达到了上舰标准。

海上世界,气象万千。任何一个小小的焊接瑕疵,就能导致舰毁人亡的惨剧。走向深蓝,导弹驱逐舰"钢种"必须要经得起严苛的考验。

两年多的夜以继日,新钢种技术难关攻克。潘镜芙继续强化"系统工程"设计理念进行设计,强调全舰各个系统间有机协同。作战系统的形成,使舰艇作战指挥和控制的发展迈出了重要一步。

1994 年到 1996 年,哈尔滨舰和青岛舰相继完工,导弹驱逐舰在技术领域的一系列创新,深深影响着导弹驱逐舰后续型号的改进。

此后,在几代科研人员的共同努力下,在第一代、第二代导弹驱逐舰的基础上,第三代导弹驱逐舰等一系列新型驱逐舰相继问世,一步一个台阶,使中国导弹驱逐舰真正跨进了国际先进行列。

时间进入到 2017 年,中国海军航母编队南下的航迹,前所未有地牵动着世界的目光。这个新年,海口舰跟随航母编队穿越宫古海峡出岛链,到太平洋,然后经巴士海峡,进入南中国海……

好消息接连不断,真有点让人目不暇接。2017 年刚过去三个星期,中国海军连续入列三艘战舰:1 月 10 日,新型电子侦察船开阳星船入列;1 月 18 日,新型导弹护卫舰鄂州舰入列;1 月 22 日,新型导弹驱逐舰西宁舰入列……

新型战舰下水、入列的新闻,在不断刷屏的同时,也刷新着世界对中国海军的认识。

◎ 海口舰跟随航母编队远海训练(莫小亮 摄)

尽管如此,5 个月之后的一则"重磅新闻",仍在很多人的心头投下巨石,掀起激动的浪涛。这则电讯,经由新华社的播发迅速传遍海内外——2017 年 6 月 28 日,中国海军万吨驱逐舰建成下水。

"它是世界上最先进的驱逐舰之一,彻底改变了以往我国武器装备总是跟随、追赶的落后局面。"电讯以一种异常平静的口吻说,"该型舰突破了大型舰艇总体设计、信息集成、总装建造等一系列关键技术,具有较强的信息感知、防空反导和对海打击能力,是海军实现战略转型发展的标志性战舰……"

电视新闻里,新型驱逐舰威武的身躯几乎占据整个画面。潘镜芙仔细凝视着每一个细节,双眼透出浓浓的关切。那神情有欣慰、有期盼,更有抹不去的回忆和感慨。

此时此刻,就连一向低调的总设计师也大方承认,在技术和能力体系上,中国驱逐舰已经与世界海军强国站在了同一梯队上。这位海口舰及辽宁舰总设计师,在最近的一次学术论坛上说:"中国海军驱逐舰将抢占舰船装备新技术的制高点,实现弯道超车。"

>>> 第三章
起航，目标亚丁湾

公元 2018 年 12 月 9 日，中国海军护航史翻开新的一页。

这一天上午，中国海军第 31 批护航编队从湛江某军港解缆起航，奔赴亚丁湾、索马里海域执行护航任务。

"护航编队准备完毕，请示起航！"9 时许，编队指挥员向南部战区海军首长报告后，编队舰艇缓缓驶离码头。随后，军乐队奏响《欢送进行曲》。甲板上，护航官兵精神抖擞，整齐列队，向祖国和亲人挥手告别。

多么熟悉的场景，多么熟悉的声音。但熟悉中国海军护航历史的人都知道，这一次起航的意义非同寻常。

这一刻，对于邵曙光以及他指挥的 700 余名护航官兵来说，称得上是一个"历史性时刻"——他们，是在中国海军迎来护航 10 周年的日子里起程出发的。

10 年前——2008 年 12 月 26 日，海口舰和武汉舰、微山湖舰组成的首批护航编队从海南岛亚龙湾军港出发，挺进亚丁湾、索马里海域，拉开了中国海军远洋护航的序幕。

◎ 中国海军第31批护航编队从湛江某军港解缆起航，奔赴亚丁湾、索马里海域执行护航任务

"中国军舰离开三亚军港驶向亚丁湾,是世界海军史上的新纪元。"英国《泰晤士报》次日刊文称,"这是5个多世纪以来中国海军首次驶出领海保护国家利益,是15世纪以来,中国军舰首次远航至非洲海域。这是中国政策的一次重大、历史性突破!"

沧海横流,十载春秋。

10年前的亚丁湾,说其"最繁忙之一"恰如其分——卡印度洋与红海咽喉,每年航经商船数以万计;说其"最危险之一"并无夸张——海盗猖獗,仅2008年就有30多艘船只在此被劫,600多名船员遭到绑架。

2008年,联合国先后通过1816号、1838号、1846号和1851号4项决议,呼吁并授权各成员国赴亚丁湾、索马里海域进行护航任务。

十年护航,中国担当。

来自官方的消息称:10年间,中国海军累计派出31批护航编队、100艘次舰艇、26000余名官兵,共为1191批6595艘中外船舶护航,解救、接护和救助遇险船舶60余艘,助力亚丁湾、索马里这片世界上"最危险海域"重新成为"黄金航道"。

数字或许枯燥,但10年间不断上演的那些惊心而又温暖的故事,却永驻人心。

海口舰的战舰通道围墙上,挂着一幅照片:一艘巨轮主甲板上,"祖国万岁"4个大字,在红色甲板和深蓝大海的映衬下格外夺目。这是2009年1月,执行首批护航任务的海口舰,在亚丁湾海域护送第一批船舶时,"河北翱翔"号船员自发打出的致谢语。

伴随着媒体的报道,这幅照片如今早就传遍全球各地,向全世界生动讲述着人民海军维护世界和平的动人故事。

"祖国强大、军队强大"的自豪感,也充盈在北京展览馆。"砥砺奋进的五年"成就展现场,一张关于中国海军也门撤侨的照片,吸引观众驻足凝望。护航女兵牵着小女孩登舰的温馨场景,让人们感叹:"祖国实力的强大不在于免签多少国家,而在于危险的时候能把你带回家。"

亚丁湾风急浪险,中国海军片刻不曾缺席。"我是中国海军护航编队,如需帮助,请在16频道呼叫我。"10年间,这条以汉英两种语言播发的通告从未间断,已然成为航经中外商船的"平安之音"。

十年护航,一代"中华神盾"也持续书写着护航传奇。凝视中国海军的10年护航路,你会频繁发现海口舰的身影;翻阅中国海军的10年护航史,你会惊讶于一代人的成长。

11年前——2008年12月26日,海口舰拉响出征亚丁湾的汽笛时,邵曙光还只是国产导弹护卫舰三亚舰的舰长。和大多数海军舰艇指挥官一样,他投向即将远航的海口舰的目光里,除了祝福,还有满满的羡慕和向往。

8年前——2011年11月1日,海口舰再次起航,和运城舰一起组成第10批护航编队,奔赴亚丁湾、索马里海域。那一天,已是海口舰舰长的邵曙光,代表官兵在誓师动员大会上发言。他充满豪情地说:"一定珍惜难得机遇,严格摔打磨砺,苦练过硬本领。"

2年前——2017年8月1日,海口舰第三次出发,与导弹护卫

舰岳阳舰、综合补给舰青海湖舰组成第 27 批护航编队,奔赴亚丁湾……送行的队伍里,已戴上大校军衔的邵曙光,目睹着曾经一起战风斗浪的海口舰,眼神里射出一种一往无前的锐气。

细细品味这 10 年时光,海口舰和邵曙光值得书写的绝不仅仅是那些所谓的"高光时刻"。在最平凡的日子里,有他们不同寻常的成长。正是在他们共同的成长里,我们得以从一个绝佳的微观视角,观察、触摸并感受一个军种的转型发展、一群水兵的青春绽放。

是的,在海口舰和它曾经的舰长邵曙光身后,是航行在远海大洋的一支支编队、一艘艘舰艇、一批批舰员。他们在惊涛骇浪中摔打,在枪林弹雨中磨炼,共同书写了中国海军 10 年护航故事,共同谱写了一曲维护世界和平与安宁的英雄赞歌。

© 2009 年,执行首批护航任务期间,海口舰巡航亚丁湾

（一）

"平头短发，肤色黝黑；白牙薄唇，吴侬软语。"邵曙光身上的这种"军人阳刚与江南灵秀有机结合"的气质，给中国海军第 10 批护航编队的随行记者留下深刻印象。

这位曾经烧了一年多锅炉的海口舰舰长，尽管任职才只有半年，但有句口头禅早已被海口舰舰员所熟知："当炉不怕火，怕火不当炉。"

眼下，在誓师动员大会上再次重复了这句话之后，邵曙光一头钻进海口舰的驾驶室里，简短有力地下达了起航的口令。

时为 2011 年 11 月 1 日，海口舰缓缓驶离军港码头。不少在甲板上站坡的官兵凝视着前方，刻意压抑着激动的心情。

已是第二次参加护航任务的李卫华，特别能理解不少新兵"连呼吸里都是激动味道"的兴奋劲儿。对于这位对空部门的老兵来说，记忆的画面，早已在 2008 年 12 月 26 日首次护航出发的那一刻定格。

"听到参加首批护航的消息时，全舰都沸腾了！"多年后，李卫华回忆那一幕，用极具诗意的文字写道，"从你起航的那一刻起，就注定了你的不平凡。时代赋予了你神圣的使命，你带着祖国的期望、亲人的嘱托，在举世瞩目的目光里，踏上新的征程。"

仅仅 3 年之后，海口舰再次踏上这熟悉的征程。驾驶室里，邵曙光久久凝视着海图上的那条航迹线——经南海，过马六甲海峡，跨越印度洋，至亚丁湾、索马里海域……

如今看来，这条 4400 海里的海上航路，不仅见证着中国海军护航

编队走过的 10 年征程,还忠实记录着海口舰三度出征亚丁湾的航迹——航行 7 万余海里,刷新了世界海军连续航行 124 天不靠港等新纪录,创造了中国海军史上多个"第一"。

沿着这条航迹,海口舰破浪前行。2011 年 11 月 7 日,第 10 批护航编队驶出马六甲海峡,进入印度洋。

印度洋位于亚洲、非洲、大洋洲和南极洲之间,东西长约 7000 海里,南北宽约 5400 海里,面积 7056 万平方千米,约占世界海洋面积的 21.1%,为世界第三大洋,是名副其实的交通要道。从印度洋向东,通过马六甲海峡可进入太平洋;向西,绕过好望角可达大西洋;向西北,通过红海、苏伊士运河,可达地中海。

让杨锴牢牢记住印度洋的不是这些事前查找准备的"资料功课",而是惊艳至极的景色。这位机电部门教导员,事先得到了参加过第一次护航的老兵的提醒:"印度洋上,有两样美景千万不可错过。第一是海上日出和日落,第二是跃出海面的海豚群和鲸鱼。"

第二天凌晨,杨锴早早起床,来到直升机起降平台。接下来看到的一幕,让他"一辈子都忘不了"。在当天的日记里,他挥笔写道:"舰艇左舷黛蓝的海水隐隐泛出亮金色,天空棉絮般的云朵渐渐被浸润了一层绚丽的艳红。视线尽头,海与天的交汇处,各种形状的云朵,排列整齐,拉出了一条优美的弧线。还没等回过神来,圆圆的、红彤彤的朝阳,就如同顽皮的孩子般猛然跃出海面。霎时,天空中霞光四射,一缕缕七彩光芒仿佛为护航编队助威般,争先恐后地追逐着舰艇长长的航迹。"

此时此刻,在海口舰的右舷,是运城舰和先期赶到的 882 综合补给船。从杨锴站立的位置看去,镶金的云朵正好挂在两舰的桅杆上,"黛蓝的海,绚丽的云,初升的朝阳,威武的战舰,甲板上晨练的特战队员……构成了一幅美轮美奂的远航图"。

杨锴看到的这一幕印度洋日出景象,也曾在3年前让情电部门教导员罗峰惊叹不已。

当时,海口舰跟随首批护航编队正航行在印度洋上。早早起床的罗峰,穿上体能训练服,原本只想到后甲板锻炼一下。谁知刚到后甲板,他的目光就被眼前的景色吸引住了。只见一轮红日正在海平面上方升腾,霞光万道,周围的云层被映照得绚丽多彩,耀眼夺目。

"旭日东升,我们一路向西进发。朝阳发出的万丈光芒恰好与舰艇前进的方向在同一直线,仿佛在指引着我们的军舰。"那一刻,罗峰的思绪萦绕着"东""西"两个字眼飘飞。

"东方文明""西方列强""郑和下西洋"等词汇与画面在罗峰的脑海里不断闪现。他想起600年前,郑和率领的船队正是从这条航线到"西洋"各国传播古老东方的中华文明;他想起100年前,西方列强正是从这条航线以坚船利炮打开了中国大门……

眺望大海,往事历历,令人心潮澎湃。罗峰思绪飘飞的时候,距离郑和七下西洋的船队出现在这片海域,已然过去了600多年。600年斗转星移,对于亘古不变的大海来说,不过弹指一瞬。但正如同当年郑和下西洋的不朽传奇一样,中国海军的亚丁湾、索马里海域护航行动也注定将被历史铭记。

日出日落,浪奔浪涌。海口舰继续在印度洋上劈波斩浪,海图上的航迹即将抵达此行的目的地:亚丁湾。

亚丁湾,距中国大陆母港4600海里之遥。

这片位于阿拉伯半岛和非洲索马里半岛之间的水域,是从印度洋进入地中海及大西洋的咽喉要道,是连接包括中国在内的东亚国家和西欧及北美东海岸的重要航线,又是波斯湾石油输往欧洲和北美洲的重要水路,战略位置十分重要。每年有100多个国家和地区的约2万艘船舶通过亚丁湾,货运量约占世界海上货物总运量的五分之一。中国每年有1000多艘商船通过亚丁湾经苏伊士运河前往欧洲。

曾几何时,这里是一个相对平静的地方。到2008年,这里已赫然登上国际公认的索马里、几内亚湾、孟加拉湾、马六甲等五大海盗频发区榜首。仿佛在一夜之间,这条"黄金水道"变成了"最危险海域","亚丁湾"从此成了互联网上的"关键词",成了国际社会关注的焦点。

亚丁湾,海口舰再一次如约而来!

◎ 海口舰再次解缆起锚奔赴新征程

62

2011年11月15日凌晨5时,第10批护航编队准时抵达亚丁湾东部海域的A点,等待与第9批护航编队会合。

官方披露的资料显示:首批护航编队执行任务期间,根据海盗活动规律、当面海区情况及过往商船的特点,在亚丁湾东西海域各确定了一个待机点,东部海域为A点,西部海域为B点。申请加入护航编队的商船,均需在A、B两点集结,然后统一在中国军舰护送下通过危机四伏的亚丁湾。此传统被一直保留至今。

11月15日上午,经过13个昼夜连续航行的中国海军第10批护航编队,与刚刚执行完第390批护航任务的第9批护航编队,顺利在A点会合。

10时许,两批护航编队在亚丁湾东部海域举行了简短的会合仪式。两批编队呈双纵队航行,官兵在各舰整齐列队。海口舰在第9批护航编队里看到了"老熟人"——首批护航的"亲密搭档"武汉舰。

此时,武汉舰、玉林舰分别挂出"热烈欢迎首长、同志们到来"和"你们辛苦了,向你们学习"的旗组,海口舰、运城舰立即挂出"祝贺你们取得优异成绩"和"你们辛苦了,向你们学习"的旗组。

第二天清晨,两批编队联合展开了第391批8艘中外船舶护航任务。一早起来的杨锴看到,海口舰左舷不远处,7艘商船已经排列成双纵队,静静地漂泊在第9、第10批护航编队5艘战舰组成的环形保护圈内,如同在母亲臂弯里沉睡的孩子般安详。

这是一个值得纪念的时刻。杨锴取来相机,换上长焦镜头,拉近定焦,按下快门,将每一艘商船都定格在记忆中。

接下来的几天里,两批编队又共同完成了第392批护航任务,并举行了护航任务交接仪式。根据上级命令,自11月18日16时起,第10批护航编队正式接替第9批护航编队担负亚丁湾、索马里海域

护航任务,青海湖舰编入第 10 批护航编队,继续为护航编队提供伴随保障。

当地时间 11 月 22 日 6 时 30 分,中国海军第 10 批护航编队首次独立执行护航任务,由阿拉伯海索克特拉岛北部海域开始向曼德海峡航渡。这是中国海军编队第 393 批护航行动,被护商船包括中国籍商船"雁荡海"号,以及英国、土耳其等国商船。

上午 8 时,海口舰拉响"转入二级反海盗部署"警铃,保持航向航速,全员高度戒备。作战室,编队指挥人员在认真研究方案预案,同指挥舰即时沟通;报房里,往来报文接连不断,报务兵正忙着建立一个接一个通信联系;驾驶室,舰指挥员皱着眉头认真分析值更官、信号兵报告的信息,适时作出决策,下达命令;舰舷边,瞭望更身着救生衣、头戴钢盔,仔细地观察着海区情况;就连水线以下的机电兵,都比平时更加精神起来……

◎ 海口舰进行反恐反海盗演练

© 2009年1月6日，中国海军首批护航编队武汉舰在亚丁湾为中国商船护航(李唐 摄)

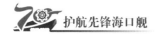

眼前的一幕,海口舰和它的老舰员们再熟悉不过。

3 年前,他们执行首次护航任务时,就是这样的一幕、这样的氛围;6 年后,他们执行第三次护航任务时,还是这样的一幕、这样的氛围。

护航生活就这样开始了。在亚丁湾的 A 点和 B 点之间 590 余海里的航道上,中国海军护航编队连续航行、昼夜往返其间。在这个蓝色星球上再平常不过的两个点之间,海口舰和它的舰员们开始书写属于他们的平凡与伟大。

"来来往往,往往返返,反反复复。"在通信部门战士陈存严的眼中,这条 590 海里的护航线上,"望不尽的是星星,数不完的是记忆"。

在更多水兵的记忆里,关于这片水域,关于这两个带着独特象征意义的坐标点,带着这样一份幽默和浪漫:"海盗和海豚,共同生活在亚丁湾;海盗是多么的可恨,海豚是多么的可爱;可喜的是,海豚比海盗要多得多……"

◎ 海口舰为商船实施伴随护航(李昌寰 摄)

（二）

对于三赴亚丁湾护航的海口舰官兵来说，有多浪漫，就有多无畏。

2009 年 1 月 12 日清晨，薄雾和小雨笼罩着海面，海口舰护送着 4 艘商船缓缓前行。"报告，发现可疑小艇。"警戒哨发现 3 海里外，一批快艇正高速逼近编队。

"一级反海盗部署！"海口舰迅速进入作战状态。3 发红色信号弹接连升空，向海盗小艇发出警示。然而，第一次与中国军舰"不期而遇"的海盗快艇并没有减速，依旧向前逼近。

"高射机枪拦阻射击！"时任海口舰舰长的邹福全，果断下达了这一可以载入共和国史册的战斗命令。

这是中国海军向海盗打响的第一枪。一连串火光从重型机枪内喷射而出，划过海面，落到海盗快艇前方，在亚丁湾的海面上溅起朵朵浪花。

海盗快艇不甘心就此撤退，在不远处与海口舰对峙，还想伺机冲进被护航的商船编队。"打！继续射击！"随着机枪子弹溅起的浪花离海盗船越来越近、越来越密集，海盗船终于停止向前。

一波未平，一波又起。正当大家以为海盗准备远离时，又有一艘海盗艇突然加速，企图越过海口舰，靠近被护商船。海盗一旦抵近，用不了 10 分钟就能登船劫持商船，后果不堪设想。

"打！"重型机枪再次发出怒吼。密集的子弹在海盗小艇前激起一道水墙……无机可乘，海盗船只得掉头而去。

这是第一次赴亚丁湾护航时,海口舰首次与海盗面对面的交锋。3次赴亚丁湾护航的海口舰轮机工程师刘应虎,每每说起这惊心动魄的一幕都会感慨:"护佑和平,有时候必须靠枪杆子。"

2009年2月24日,海口舰再一次与海盗"不期而遇"。那天,海口舰正在执行第23批护航任务。当地时间上午10时,跟随编队航行的利比里亚籍意大利商船"LIA"号因主机故障,在距护航编队9海里处停车漂泊修理。海口舰向其通报附近海域海盗活动情况后继续前行。

10时03分,商船在高频16频道向海口舰发出呼救,称左舷3至4海里处发现不明快艇快速抵近。10时05分,海口舰舰载直升机携带3名特战队员和1名摄像取证人员飞往事发海域。

"直升机飞抵商船上空时,两艘快艇已距离商船很近。快艇上装有双台发动机,速度非常快。"直升机组上校赵陈亿回忆说,他们驾机立即下降高度,一边在"LIA"号商船上空盘旋,一边向两艘快艇各发射两发信号弹,将其驱离。

10时12分,"LIA"恢复动力继续跟随编队航行。两分钟后,商船报告:"感谢中国海军,快艇已经远离,我们已脱离危险。"

直升机继续在商船上空盘旋观察,确定无其他可疑目标后,于11时05分返回海口舰。这是中国海军护航编队营救的第2艘外国商船。此前,武汉舰于1月29日成功解救一艘被海盗围堵的希腊商船。

平均水深约500米的亚丁湾,呈现迷人的深蓝色,是中国海军走向深蓝的天然考场。

远道而来的中国海军,能否通过这场"深蓝考验"?

2009年4月27日,在首批护航编队即将靠上祖国军港的前夜,迎着南中国海的猎猎季风，护航编队指挥员杜景臣和副指挥员殷敦平曾与记者进行了一次难忘的"舷边对话"。

在那场"舷边对话"中，杜景臣坦言，最大的困难还是对海盗船只的发现、判别和处置。"海上风平浪静还好，有时候碰到风浪，小船藏在浪花里，雷达看不见，快到眼皮底下我们连人是谁还分不大清楚，不能及时发现怎么能及时处置？"

殷敦平则从战场、对手、人员等方面补充了另外的"三大考验"：一是陌生海域的考验。周边环境、海况变化、水文气象等都很陌生。二是陌生对手的考验。海盗熟悉环境，机动性强，行踪诡秘，大多采用狼群战术，声东击西，突然出击。三是人员海上长期生存能力的考验。以前出访可以靠港补给，上岸调整，这次创下了4个月不下舰的纪录。全封闭的狭窄舱室、空气流通不畅，新鲜蔬菜和淡水供应受限，不间断的昼夜高度戒备，使人员的思想、心理、生理上出现了很多新情况……

长时间海上护航，每个人都有印象最深或者最难忘的事。两位指挥员的经历，无疑更值得关注。

最让殷敦平揪心的是听到中国商船遇袭的消息。2月25日，中远天津公司"雁荡海"号货轮在没有参加护航的情况下，遭海盗袭击，致使两名船员受伤。正在附近巡逻的丹麦军舰闻讯赶往事发海域，驱离了海盗。得知情况后，中国海军护航编队立即派距离事发海域200多海里的海口舰高速前往接护，顺利将其护送至安全海域，并派医疗组登船为船员包扎处理伤口。

事件发生后，接连几天晚上，殷敦平都没有睡好。"我一直认为，在护航期间，不仅我们护航的商船绝对不能出问题，而且在亚丁湾航

◎ 海口舰官兵位于舷边瞭望警戒（严冬 摄）

行的任何一艘中国商船都不要出问题。但我们有的商船安全意识不强,经常不参加护航,他们出了问题,我们同样感到很丢人,感到没有尽到责任。"

那些日子里,这群肩负着使命、心系着祖国亲人安危的海军官兵,都像殷敦平一样,被海盗搅得睡不好觉。

首批护航的日子里,海口舰机电部门时任教导员唐亚鹏每天都要记护航日记。在2009年3月1日这一天的日记中,他写道:"海盗疯了! 从这几天的情况来看,我有充分的理由相信海盗真的疯了。"

那天的日记,清晰地还原了亚丁湾海盗的疯狂——

上午,海口舰正单独为"远盛湖"号商船护航,一艘海盗快艇居然逼近到距离我们约一海里处,似乎要挑战我们的忍耐底线。即使我们发出了战斗警报,全舰进入"一级反海盗部署",海盗仍然在观望。要不是我舰开始向快艇机动,海盗们还想伺机而动。

更疯狂的是:"昨天夜里,海盗在国际甚高频16频道里高唱《海盗之歌》,并用英语大骂欧盟海军和中国海军。这分明是向多国海军宣战——如果不是疯了,谁有这么大胆子?"

种种迹象表明,那段时间,海盗活动进入了猖獗期,在过去的一周内,就发生了100多艘次可疑小艇袭扰事件,有时候海盗根本无视护航军舰的存在。

那天,海盗运用"狼群战术",向一艘被护船舶包抄过来。海口舰立即派直升机紧急起飞,前往救援。

直升机到达目标船上空,特战队员用信号弹示警,海盗船毫无反应。直升机立即降低飞行高度、加大威慑。400米、300米、200米……直升机不断降低飞行高度,对海盗进行"超低空威逼、近距离压迫"。

当直升机贴着洋面掠过海盗头顶时,特战队员发射的震爆弹也在半空连续爆响,形成强大的威慑气势,海盗灰溜溜地转向逃离。

频繁与各国海军护航编队交手,让海盗越来越刁钻、越来越狡猾。

那天,狡猾的海盗,分东西两向,同时出动,企图让我护航舰艇"顾东难顾西、顾西难顾东"。"请求支援!""请求支援!"我国商船"永安3号""北海威望"号和一艘利比里亚籍商船,在同一时间向海口舰发出紧急呼救。

两处呼救,相距9海里。两处的海盗,手持武器,分别向呼救的船

舶包抄过来。

救兵如救火,刻不容缓!但同时展开两点救援,让救援行动陡增难度。难题面前,海口舰兵分两路,快速机动,并派直升机前出支援,将海盗快艇一一成功驱离。

依赖海上打劫为生的海盗,他们哪里肯甘心?频频改变战术,他们志在必得。

海盗又来了!那天,刚完成护航任务的海口舰,正准备与6艘被护商船分航。20多艘海盗快艇突然从海上冒出来,快速向被护船舶冲过来,欲以迅雷不及掩耳之势,强行抢登被护船舶。与此同时,瞭望更发现:远处还有一大批海盗快艇,正飞驰而来。

"一级反海盗部署!"霎时间,战斗警报响彻海天,海口舰全体舰员立刻跑向战位,直升机随即呼啸升空,火力组人员持枪瞄准,主炮副炮迅即转向目标……

特战队员的枪声响了!激烈的枪声中,数十艘海盗快艇落荒而逃,被护船舶安全通过亚丁湾海域。

数据显示,在2008年第4季度,亚丁湾、索马里海域有50%以上的海盗袭击得逞,而2009年第一季度仅有10%的海盗袭击得逞。

"发现可疑海盗小艇!""一级战斗部署!""直升机起降部署!""发射信号弹!""发射爆震弹!""开枪警告射击!"……3次远征亚丁湾,海口舰的扩音器、对讲机里,经常都能传出战斗号角般的声音。

2011年12月31日12时35分,编队值班员通过目视和光电观察设备发现,左前方有5艘可疑小艇正高速向编队附近的巴拿马籍意大利商船"银色海浪"号接近。

◎ 执行亚丁湾护航任务期间，海口舰进行舰机协同作战

那一天，是第10批护航编队执行任务第58天，也是情电部门战士叶志鹏第一次近距离看到海盗。吃完午饭，准备午休的叶志鹏刚躺下，便听到了"一级反海盗部署"的警铃。他迅速从床上跳了起来，全副武装直奔火力点就位。

叶志鹏远远看见，左舷有一艘白色的海盗小艇。只见它飞速从左舷向右舷逃窜。海口舰此刻护卫着的两艘商船立即跟随着海口舰转向。随后，海口舰高速追向海盗小艇。特战队员打了几枪信号弹警告，小艇仍负隅顽抗。海口舰接着又打了3发爆震弹，海盗在海口舰的武力威慑下，无处可逃，便熄火停下来举起双手投降。

叶志鹏从望远镜中清楚地看到小艇上，一共6个海盗，全部举着双手投降。几分钟后，海口舰派出直升机取证监视。许久，小艇远离后直升机才返回，海口舰编队继续航行。

三度亮剑亚丁湾，面对一次次突如其来的考验，海口舰快速反应，果断出击，以出色的行动一次次化解危机，圆满完成120余批次近600艘中外船舶的护航任务，解救了10余艘受海盗追袭的中外商船，成功处置疑似海盗小艇400艘次，创造了"零失手"的护航纪录。

2009年11月23日，国际海事组织第26届大会在伦敦总部开幕，为表彰海口舰保护国际航运和人道主义物资运输所做出的积极贡献，在144个成员国、42个国际组织的1200多名代表的见证下，海口舰被授予"航运和人类特别服务奖"。

2015年9月，海军授予海口舰"护航先锋舰"荣誉称号。这对一艘战舰而言，无疑是极高的褒奖。

◎ 海口舰执行第 10 批护航任务中进行反恐反海盗训练

（三）

2011 年 3 月 24 日，海口舰、运城舰在坦桑尼亚以东海域与补给舰青海湖舰会合，进行分航后的第一次补给。

油龙、水管架设完毕后，燃油和淡水源源不断地从青海湖舰输送过来。经过 3 个多小时的补给，数百吨油水慢慢填饱了海口舰消耗一空的肚子。

在第 10 批护航编队海口舰机电部门时任教导员杨锴的记忆里，"那天阳光很强烈，但令人惊喜的是，补给期间一场倾盆大雨不期而至"。这是海口舰过赤道后的第一场雨，官兵们纷纷冲进雨里，满脸舒适地仰头看着天空。

暴雨洋洋洒洒地下了半个小时，洗刷了战舰一身的征尘，淋透了

舰员们满面的疲惫。大家伸手捋着头发上的雨水，开心地让带了相机的战友拍下自己兴奋的表情。

那一天，刚刚接受完暴雨的洗礼，海口舰官兵又迎来了精神的洗礼。

经第10批护航编队临时党委批准，新的一批"护航尖兵"名单产生了。晚上，编队在海口舰起降平台上举行了"卡拉OK大家唱暨护航尖兵表彰仪式"，编队首长为戴上红绶带的尖兵们颁奖并合影留念。

护航尖兵，是中国海军"护航教令"中专门给予护航兵的特殊荣誉。在40名护航尖兵中，海口舰官兵占了四分之一。

每一名护航尖兵都有一段感人至深的故事，每一个故事都在不断丰富并滋养着海口舰的灵魂，成为激励官兵的天然素材。

在海口舰三度护航的航程里，其实最激励官兵的还不是这些带着光环的荣誉。或者说，被海口舰护航官兵视为最高荣誉的，却是这样一些声音和画面。

"感谢中国海军，你们的训练有素与无私奉献，确保了亚丁湾的安宁。"2017年11月，捷克籍油船"VIOLANDO"号通过无线电向第27批护航编队的海口舰致谢，在过去2天的伴随护航中，海口舰3次为他们驱离高速逼近的疑似海盗小艇。

机电工程师刘应虎已经是第3次来到这片海域了，他见到过太多这样的时刻。在海口舰这个流动的国土上，在亚丁湾护航的日子里，官兵的每一天，不是被与海盗斗智斗勇的战斗震撼着，就是被护航的商船感动着。

◎ 执行首批护航任务期间，海口舰前出接护"天裕 8 号"

"祖国万岁""向人民子弟兵致敬""感谢人民海军"……远海大洋，异国他乡，这些发自内心的感谢的标语，如同一枚枚闪亮的荣誉勋章，一次次为刘应虎和他的战友们加冕。某种意义上，这是一种源源不断的"精神补给"。

10 年过去，很多参加过护航的舰员已经记不太清楚他们救助船只的具体数字，但所有人都能身临其境地回味起那些热血沸腾的画面。

2009 年 1 月 6 日，海口舰经过连续 10 天高速航行，抵达亚丁湾海域，随即开始执行第一批护送任务。"河北翱翔"号成为第一艘在异国他乡海域被人民海军保护的商船。在两艘导弹驱逐舰的护卫下，"河北翱翔"号平安驶向目的地港口，即将分别之际，船员们自发在舱面甲板上用油漆刷出了"祖国万岁"四个大字。

◎ 2009 年 1 月 6 日，执行首批任务期间，海口舰接护的商船打出"祖国万岁"的标语(孙利 摄)

当时正在值瞭望更的对空部门舰空导弹区队长李卫华目送着"河北翱翔"号离开，却因为视角原因没有看到甲板上的这一幕。第二天，编队"蓝盾 TV"播放了直升机航拍的画面，全体舰员在餐厅观看了录像。17 万吨商船的巨大舱面上，方方正正地写着"祖国万岁"四个大字，每个字有 4 米宽，在红色甲板上显得格外醒目。

"当时，感觉热血沸腾……"李卫华回想起前一天护送"河北翱翔"号时的场景，仍激动万分，在如此危险的海域，保护祖国同胞不受侵害，是一名军人最自豪的事情。

很快，这次航拍的照片和视频传回国内，被媒体大量转载，引发热烈反响。当看到大海上浮现出"祖国万岁"四个字，李卫华感觉自己

"接受了一堂最生动的政治教育课,军人的价值感在那一刻被无限放大"。

2009年元宵节。执行"天裕8号"接护任务的海口舰,用缆绳和消防水龙带进行了一场特殊的海上补给——

风急浪高的印度洋上,官兵们通过缆绳给船员们输送去一箱箱汤圆、罐头、牛奶、啤酒,还有自己都舍不得拿出来吃的水果。消防水龙带则用来输送油料和珍贵的淡水。整个补给过程异常艰辛,从烈日炎炎直到夕阳西下,补给持续了5个多小时。

几根缆绳和两条消防水龙带组成的补给通道,恰似一条脐带,送去的岂止是生命的必需品,更是一段深深的鱼水情、一片真挚的同胞爱!

远在异国他乡,没有什么比骨肉同胞情更能温暖人心。炊事班长戴飘扬至今仍然清晰地记得当时帮助"天裕8号"补给的场景:"船员们的头发、胡须又长又乱,船上所有的东西都被海盗洗劫一空,他们光着脚,身上只有一条短裤,看起来像一群野人……"

在这些漂泊在汪洋大海中的渔民眼中,海口舰成了他们唯一可以依靠的日思夜想的家与国。见到海口舰官兵的那一刻,他们的眼泪夺眶而出。

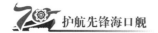

连续航行100多天,海口舰的补给已经很紧张。很多舰员还是自发地把自己换洗的衣服、鞋子以及平时节省下来准备过元宵节的牛奶、罐头、汤圆都送给了"天裕8号"的船员。为表示感谢,"天裕8号"把历经生死才捕到的深海金枪鱼,一条一条地用缆绳送到海口舰上,官兵们几次婉拒,船员们还是不断地把金枪鱼送过来。

抬着跟自己差不多一样高的大金枪鱼,戴飘扬抬眼看到了让他"终生难忘的画面"——"天裕8号"在两块纸板上写下的"感谢祖国""祖国万岁"的标语,一直高高地挂在驾驶室窗前。

"无数次,我们在课堂里,反复述诵着'荣誉、使命、责任',但到了亚丁湾,才发现责任是那么具体、那么生动,几乎是触手可及。"机电部门时任教导员的唐亚鹏,在他的护航日记中这么写道——

从"河北翱翔"号的"祖国万岁"到"振华13号"的"向人民子弟兵致敬",从"中基2号"的"我们爱你,祖国!感谢中国海军护航"到"天裕8号"的"感谢祖国,祖国万岁",这一条条激动人心的标语,一句句发自肺腑的心声,让我更深刻地感受到,祖国的富强、军队的强大,跟自己的命运是那样息息相关。

"肩负大国责任,凝聚世界目光……"伴随着雄壮的《亚丁湾护航之歌》,海口舰劈波斩浪,日夜奋战在波澜壮阔的亚丁湾海域,打造出了一张亮丽的护航名片,彰显了中国负责任的大国形象。

"新加坡、塞浦路斯、利比亚、希腊等国家商船纷纷舍弃'国际推荐通行走廊'，主动要求加入我护航编队……"每次谈到这里，海口舰官兵都倍感自豪。

"你们的护航很出色，我们爱中国！""感谢中国海军，中国海军万岁！"分别来自一艘被护德国商船船长的话语和一艘被海口舰解救的希腊商船发来感谢信中的语句，至今让信号班长桑鑫引以为豪。

让桑鑫和他的战友们记住的还有：印度海军军舰上的军官用中文向海口舰表达敬意；丹麦"L16"阿布萨隆级多功能支援舰主动向海口舰敬礼；德国军舰向海口舰发出灯光信号致敬……

在亚丁湾那片海，海口舰和它的舰员们收获的除了感谢，还有尊重——因为他们的存在，外国军人同行和商船船员记住了中国海军，记住了中国。

◎ 首批护航任务期间，海口舰伴随护航

>>> 第四章
远航路上的最美风景

公元 2012 年 3 月 23 日 1 时 35 分,连续多日航行的海口舰迎来了一个极具纪念意义的时刻——第一次跨越赤道。

这是在去往访问莫桑比克的航行途中。此前,海口舰所在的中国海军第 10 批护航编队圆满完成了亚丁湾、索马里海域护航任务。

按照海军传统,跨越赤道的那一瞬,都会举行一个仪式。但因为是半夜,所以编队将跨越赤道仪式定在了早晨 7 点。

这天清晨,海口舰没有值更休更的舰员起得格外早。6 点多钟,身着全白夏常服的官兵们早早来到前甲板集合。跨越赤道仪式由编队政委商亚恒主持。6 时 59 分 50 秒,开始倒计时,官兵们一起高喊:"10、9、8、7……3、2、1!"浑厚的汽笛鸣响,编队指挥员、南海舰队副参谋长李士红郑重地在航泊日志上签下了自己的名字。

甲板上一片欢腾。随后,李士红代表全体护航官兵,将一个蓝色漂流瓶投入大海。漂流瓶内装有用中英两种文字书写的字条:"中国海军第十批护航编队海口舰、运城舰和青海湖舰,执行亚丁湾、索马里海域护航任务后访问莫桑比克,于公元 2012 年 3 月 23

日7时,位于东经48度20分,航经赤道,特此纪念,并向有幸获得漂流瓶的朋友致以美好祝福,祝您心想事成、全家幸福。"

那天清晨,"满满一海的飞鱼"从不少舰员的眼前掠过,成为他们难忘的记忆。紧接着,他们还看到了更为壮丽的奇观——成群蓝鳍金枪鱼一条接一条地张着嘴跃出海面……

作家说,生活在别处。水兵说,风景在远航的路上。

在首次护航的官兵眼中,最美的风景是亚丁湾海域壮丽的日出日落——

那突破夜幕重围、在纯色的天空涂抹上第一缕红的晨曦,带给舰员们每一天开始的气息;那恋恋不舍离去的夕阳,在整个海面上划出道道霞光,留给舰员们夜晚梦境不尽的遐想。跟随海口舰护航的宣传干事刘勇彦,永远忘不了亚丁湾从早晨到黄昏五彩般的变化:"在阳光的辉映下,海水由墨绿到浅蓝、浅绿、深蓝,到夕阳西下的时候,又逐渐地变成了墨绿。"

"一路护送的商船,总是排着整齐的队伍,不急不慢地往前赶路。"刘勇彦用眼睛去捕捉每一次意外的惊喜,"一望无际的大海,庞大的商船队伍,护航的战舰,在午后阳光的辉映下,形成了一幅宏伟壮阔的美丽画卷。"

在3次护航的老兵眼中,最美的风景是那些细节里映射的时代变化——

说起护航这10年,机电部门巡航柴油机班长王东的眼神里放射出喜悦的光芒,脱口而出的是五个字:"变化太大了!"用他的话说,10年前,首批护航时淡水保障难度还非常大,舰上实行定时供水，"基本是星期一、三、五不洗，星期二、四、六干擦，星期天匆匆洗个快捷澡"；10年后，洗漱间拧开水龙头，任何时候都有淡化的海水，"每天体能训练后都能洗上一个热水澡，换下来的作训服交给防化班，他们洗好后去取就是了"。

10年前的后勤补给也远没有今天给力，出海半个月左右基本上就没什么新鲜蔬菜吃了，吃水果那更是一种奢望，舰上为此专门给大家发放了维生素片；10年后，后勤补给特别给力，天天能吃到蔬菜，还可以吃到香甜的水果。

一位老兵眼中的10年点滴变化，是中国海军护航保障体系效能跃升的缩影。

来自《解放军报》的一则消息说：2018年11月9日上午，第30批护航编队一架舰载直升机降落在我驻吉布提保障基地机场，基地在保障护航行动和兵力运用上走出关键一步。

自2017年7月11日中国驻吉布提保障基地成立的消息公布以来，基地相关的任何一个微小动作，都受到广泛关注。"军舰装备出现故障了，开回基地就可以维修；冰库里的青菜不够吃了，随时能从供应站里补充新鲜食品；十天半月出航归来，官兵们可以去水兵俱乐部休闲散心，接接地气……"许多人都没想到，这种基地化保障，会这么快登上中国护航保障的舞台。

在清一色男舰员的眼中，最美的风景是和他们一起战斗的护航女兵——

2010年11月2日，中国海军第7批护航编队在浙江舟山起航。与往常不同的是，此次护航编队中，多了14名女兵的身影。她们是

首批列入海军护航编队舰艇战斗值班岗位的女兵。此后,护航女兵成为中国护航编队中一道美丽的风景线。

在第10批护航编队海口舰上,8位女军人格外引人注目。她们的名字分别是:英戈、蒋雯燕、郑刃、张婕音、胡珍、杜潇、王珂鳗、黄明珠。其中,副通信长胡珍、情电部门助理工程师杜潇,是中国海军首批上舰任职并随主战舰艇护航的女军官。

被誉为海口舰"八朵金花"的她们以巾帼不让须眉的斗志,充分调动了男舰员们的军人血性和如海豪情。英语学习时,有她们,大家的劲头更足;值班执勤时,有她们,大家的标准更高;广播中听到她们的声音,大家的心情更愉悦;文艺晚会上看到她们的身影,大家的欢呼更热烈……

在所有护航官兵的眼中,最美的风景是战斗间隙节日般的快乐时光——

海口舰三次护航,有两次是在亚丁湾护航线上过的春节。包饺子、越洋视频传情、文艺晚会、卡拉OK大家唱、集体生日活动、甲板运动会……在远离祖国万里之遥的亚丁湾上,在高温和高盐的遥远大洋上,在海盗频繁出没的陌生海域里,在连续昼夜护航的日子里,一系列独具远洋护航特色的文体活动,如洒向深蓝的七彩阳光,鼓舞着军心士气,充实着官兵生活,激发着他们战胜困难的斗志。

"这里是异乡,却又似故乡。"正如海口舰一位战士的这句诗所要表达的,水兵在哪里,深蓝就在哪里。他们,才是深蓝中最美的风景。

（一）

有时候，最美的风景，就藏在那些寻常一日里。

2008 年的最后一天，海口舰晚上加餐。在格外欢快的气氛中，刚吃完饭的唐亚鹏听到舰上广播："今晚 8 点 30 分，全体舰员餐厅集合……"

这位海口舰机电部门时任教导员不免有些担忧——"基本上每次集合讲评，都是讲舰员这里没有做好，那里没有做到位。总之，多数情况下都是以批评为主，很少有表扬。"

20:30，集合铃响起，舰员们在士兵餐厅集合完毕。舰上分管行管和后勤的王文武副舰长穿着长航防菌服，悠闲地走到大家前面，操着浓重的湖南口音开始讲评。

"今天集合，主要是两件事。第一件事，明天就是元旦了，祝大家新年快乐，也希望大家通过'越洋传情'，给家里带个好。"听到这，唐亚鹏松了一口气，并预感第二件事也是好事。

果不其然，副舰长接着说："第二件事，舰上请示了指挥员，今天晚上放水给大家洗个澡……""好啊！"欢呼声、掌声、激动的讨论声迅速打断了副舰长。唐亚鹏打眼看去，兴奋、高兴、激动的表情写在每一个舰员的脸上，餐厅顿时成了欢乐的海洋。

21:30，广播响起："全舰放水 30 分钟。"

"放水啦！"早在洗漱间排成长队的舰员们一声欢呼，争相跑到淋浴喷头前，开始洗出航以来的第一个澡。只见舰员们每 5 人一个喷

头,淋湿,打洗发水、沐浴露,冲洗……洗澡也变成了流水作业。

22:00,停止供水,全体舰员也洗澡完毕。

后来,唐亚鹏听机电部门负责供水的舰员说:"洗澡迎新年,全舰300人用水10吨,人均不到34千克!"

一滴水里映世界。唐亚鹏记忆中的这个洗澡迎新年的美好故事,只是海口舰首次护航路上的一道寻常风景。后来,舰上有了造水机,洗澡再不用定时定量时,老兵们仍在不断回味着这个故事,仿佛这个故事里有源源不断的幸福快乐。

对于给养员周文、特级厨师刘正、炊事员张男来说,最大的幸福和快乐是"发出鲜嫩的豆芽""做出好吃的豆腐""磨出可口的豆浆"。

发豆芽、做豆腐、磨豆浆,这些事在陆地上并不太难,但在海上却非易事。周文就在发豆芽这件小事上多次"败走麦城"。第一次发豆芽时,周文按照机器上的配方说明,将绿豆和淡水放进机器,一心等着"收获"。然而,3天后打开豆芽机一看,一箱豆芽个个发育不良,又小又黑。也不知道经历了多少次尝试,周文逐渐摸清了豆芽的生长习性,还琢磨出一些发豆芽的妙招。看着战友每周都能吃上新鲜的豆芽,周文的笑容格外灿烂。

比起发豆芽,在舰上做豆腐更考验技术。刘正是全舰公认的技艺最高的特级厨师,讲起做豆腐的心得头头是道。航行途中,有幸能吃上特级厨师烹调的麻婆豆腐、家常豆腐、炸豆腐、豆腐羹等传统菜肴,算是美事一桩。

如果说发豆芽、做豆腐是技术活,那么磨豆浆可就是一件既费时又费力的辛苦活了。做一大锅豆浆需要约50斤豆子,从磨到煮一次需要2个小时。军舰不同于陆地，空间小、温度高，海上航行时舰艇摇晃。有一次做豆浆，赶上大风浪，张男刚把煮好的豆浆盛出锅，军舰突然向左一个大倾斜，半锅豆浆顿时洒到他身上。尽管及时躲闪，他的大腿还是被烫伤了一大块。但是开饭时，看到大家美滋滋地喝着豆浆，张男也就忘记了自己的累和痛。

远航路上，幸福总是简单的，快乐也常常不期而至。海口舰舰员记忆中的那些寻常一日，混合着一种非常矛盾的味道——因为你既可以用"艰难一日"定义，也可以用"快乐一日"形容。

与这些多次航行在远海大洋的老兵们聊天，你会发现，"晕船"出现的频率很低。尽管他们中，有人为此痛苦万分，并专门发明了晕船"十字歌"："一身虚汗，二目无光，三餐不吃，四肢无力，五脏翻腾，六神无主，七倒八歪，九吐不止，十分难受。"

不是晕船记忆不深刻，而是他们的大脑沟回总善于储藏那些艰难而又快乐的事。比如王东讲述的就是这样的一件事。多年以后，这位巡航柴油机班长接受笔者采访时说，他永远忘不了"深蓝中的一抹绿"。

那是首批护航中后期，不少舰员逐渐出现了焦虑、烦躁等长航不适现象。由于没有靠港补给，青菜极度匮乏，大家纷纷感慨：吃不到绿油油的叶子菜也就罢了，哪怕看到一点绿色也好啊。确实，走出舱室走上甲板，亚丁湾上海天相接，到处都是一片蔚蓝，看不到岛屿也瞧不见岸，在普通人看来十分壮观的景色，时间一长也就乏味了。

一次午餐，海口舰时任政委刘健忠偶然发现一头蒜头发了芽。他灵机一动，蒜芽长大后不就变成绿油油的蒜苗了吗？于是，刘健倡

导:在舰上开展种蒜苗比赛。每名舰员发一头大蒜,在规定时间内看谁养出来的蒜苗最长,还设置了洗发水、香皂等优胜奖品。其中,一等奖是与家人打卫星电话延长 1 分钟。

这绝对是大奖!要知道,当时每名舰员与家人打卫星电话的规定时间仅为 3 分钟。

这个活动引发了舰员的积极响应。他们就地取材,将空矿泉水瓶裁去上半部分,留下底做成简易"花盆",放入蒜头,再浇入清水。大家都没什么经验,有的舰员靠感觉自制营养液,有的舰员怕舱室内空调太冷,将"阵地"转移到了暖湿处,也有"佛系"种蒜的,可也忍不住每天看一眼蒜头顶部有没有发芽迹象。

10 多天过去,终于有一批蒜芽萌发了!蒜芽的"主人们"欣喜若狂,忍不住亲吻那小小的芽尖。没过几天,几乎全部舰员都收获了蒜芽,这以后,大家每天必做的一件事情就是比比谁的芽壮,比比谁的苗高。抽苗好的舰员俨然成了舰上的"红人",到处答疑解惑,传授种蒜经验。

这大蒜带来的或深或浅的绿色,在不经意间装饰了整艘战舰,为舰员们一成不变的远航生活,带来了生机活力。种蒜这件小事,也为舰员们提供了工作外的一个关注点,带来了别样的"绿色心情"。从不想说话到热火朝天地交流,谁也没想到小小蒜头竟能起到这么大的作用。

那次护航,海口舰一连航行了 124 天没有靠港。船一靠港,王东第一件事情就是跟战友跑到码头的服务中心,"一口气点了六个菜,全是蔬菜,狠狠地'开了一回青'"。

以前穷苦人家好不容易吃顿肉叫"开荤",海口舰的护航兵们造了个新词,把吃上绿色青菜叫"开青"。

10 年后,王东早已经忘记了当年种蒜苗比赛谁是第一、谁是第二,只记得大家为了那抹绿争相开动脑筋的情景。在这位老兵的记忆深处,苦中作乐才是深蓝中那道最美的风景。

(二)

2012 年 1 月 22 日 10 时 40 分,亚丁湾中部海域,海口舰各战位有序忙碌着。

驾驶室里,副舰长、操纵指挥员秦德兴指挥若定;作战指挥室里,作战参谋刘威紧盯网络信息平台,密切关注着护航动态;导航、操舵、航海等战位上,值班官兵同样有序地忙碌着,红红绿绿的指示灯不停地闪烁,显示着舰艇运行的情况;两侧的观察瞭望更警惕地注视着海面⋯⋯

这一天,是龙年除夕。中国海军第 10 批护航编队正由东往西,护送新加坡籍"神州中华"号等 3 艘商船,航行在第 413 批护航任务的航道上。

对于海口舰官兵来说,这已经是第二次在亚丁湾上过春节了。机电部门时任教导员杨锴在 2 号活动室贴上"福"字,挂出一副对联"大洋迎新春龙腾九霄,护航当尖兵舍我其谁",横批是"豪情万丈"。

还没到开饭时间,士兵餐厅就已经热闹起来。编队首长、军官和战士们齐聚一堂包饺子,擀面杖的滚动声和士兵们的欢笑声交织在一起。

护航迎新春,龙腾亚丁湾。舰上时间20时,北京时间已是大年初一。海口舰后甲板张灯结彩,一片欢腾,官兵们喜迎龙年到来,也为编队春晚鼓掌助威。舞蹈《好中国》喜庆红火,点燃了在场观众的热情;20名机电兵演出歌舞剧,诠释了什么是"快乐的机电兵";男声独唱《海上过年》深情婉转,唱出了护航官兵的心声:"家乡也过年,舰上也过年,一样地道吉祥,一样地祝平安……"

此时此刻,耳边的阵阵掌声和欢呼声,勾起了不少老兵3年前的记忆。

同样是在亚丁湾,同样是在护航途中过大年,同样是在海口舰的后甲板举办春节晚会,一如眼前的此情此景。文艺骨干亮出十八般武艺,相声、小品、舞蹈、快板、三句半,呐喊声、喝彩声、加油声,此起彼伏,把整个亚丁湾营造成一个欢乐的海洋。元宵节游园时,猜灯谜、

◎ 2012年1月23日,执行第10批护航任务期间,海口舰飞行甲板组织编队春节晚会

"盲人敲锣"、钓纸鱼、飞镖比赛……一个个充满趣味的游戏,营造出团圆夜的温馨,冲淡了官兵的寂寞和孤独。

尤为难忘的是那场别开生面的"欢笑洒大洋"专场相声演出。《说唱护航》《情满护航》《护航尖兵赞》等6段原创相声,取材于护航生活,揉进了时尚话语,诉说了官兵身边的人和事,听来亲切而又妙趣横生,引得官兵捧腹大笑。

在连续昼夜护航的紧张而枯燥日子里,在长期封闭的工作生活环境中,笑不仅是一剂灵丹妙药,还是一道放松心情的风景线。

为了让大家笑起来,首先要玩起来。甲板运动会最受欢迎,无论是舰员回忆,还是媒体报道,这都是足够亮眼的风景。虽然比赛场地只有半个篮球场那么大,但比赛的项目还真不少。跳绳、拔河、"推小车"、拉拉力器、立定跳远等项目,都与护航官兵的日常工作和生活密切相关,来自舰艇、特战分队、直升机组和海军机关的百余名选手分组参赛,大展身手。比赛场面精彩不断,加油声、欢笑声交相呼应。

为了让大家笑起来,还要唱起来。你拿起话筒高歌一曲,我拿起话筒大吼一声,不管唱得好坏,哪怕调子跑到了阿拉伯半岛,也有人为你鼓掌、喝彩。"卡拉OK大家唱"让官兵在自娱自乐中,把紧张、压抑的情绪扔进了印度洋。

为了让大家笑起来,还要赏起来。舰上"大洋影院"每周至少开放3次,《冲出亚马逊》《怒海争锋》《珍珠港》《加勒比海盗》《诺曼底登陆》等500余部中外优秀影视片,让官兵过足大片瘾。专门打造的"绿色音乐疗养吧",有数百首经过医学临床试验的曲子,可以"缓解紧张""改善睡眠""消除焦虑""养心益智"……

◎ 海口舰甲板运动会（于林 摄）

◎ 海口舰组织集体生日会（刘鑫 摄）

有枪林弹雨,也有欢歌笑语;有寂寞孤独,也有多彩生活;有紧张刺激,也有休闲娱乐……这是护航官兵的真实常态。在海口舰的传奇故事中,后者常常被人忽略。

这些很少被媒体讲述的细节,绝不是"边角料"的陪衬,更不是可有可无的"填充物"。某种意义上,这些战斗间隙的快乐时光,不仅映照着一群年轻人的青春,更是他们给体力、脑力充电的关键。

海口舰电脑学习室里,"蓝盾杯电子相册制作大赛"经常会吸引一些摄影爱好者参与。他们按照编队启程后航行路线,将一路拍摄的训练、工作、生活和风光照片分门别类,插入背景音乐,并配上不同的艺术字体和各种色彩的文字,制成一个个精美的电子相册。

这只是海口舰利用护航间隙开展的系列"文化沙龙"活动之一。类似的沙龙还包括"电脑沙龙""英语沙龙"……海口舰5个电脑学习室定时开放,80余台电脑供官兵学习娱乐使用。舰上还不定期组织开展电子游戏竞技大赛、护航动漫制作、护航博客等竞赛活动,激发官兵的创作潜能。

狭窄的舱室里,时政新闻、体育赛事、娱乐节目,透过局域网轮番播放。每一名护航官兵,都有着共同的感受:舰艇远涉大洋,天下大事小事尽在官兵掌握之中。第一次参加护航的大学生士兵闫晓峰告诉随舰记者:"原以为在海上过春节单调乏味,没想到节日活动开展得这么多姿多彩,想家的情绪很快就被快乐的心情取代。"

这位士兵的感受,让徐冬根稍感欣慰。这位海口舰时任政委,无时无刻不想着怎样把护航中的思想政治工作做得更生动、更具感染力。正是从一张张笑脸中,他领悟到,那些形式多样、内容丰富的文体

活动和学习沙龙的强大力量。如果用今天时髦的话说,这是一种特殊的赋能,形式简单,但能量惊人。

眼下,这样的能量因为女兵的加入,更加让人不可小觑。接下来要讲的故事,属于她们,更属于海口舰。她们的力量,早已成为海口舰力量的一部分;她们的传奇,也注定将成为海口舰传奇中的一个独特章节。

(三)

2017年8月1日,海口舰第三次起航,奔赴亚丁湾。

看着渐渐远去的熟悉的军港,吉萍萍眼中含着泪花。在送行的人群中,这位信号兵看到了爱人使劲对她挥手。没有人知道,为了参加这次护航任务,他们之间发生了"冷战"。

吉萍萍是在海口舰下水近10年之后上的舰。上舰前,她被遴选到某基地接受数个月的专项培训,通过航海、报务、信号、声呐等多项专业考核,才走上舰艇战位。

吉萍萍住的舱室,在海口舰舱室深处,舱门外贴着一张粉红色的告示:"女舰员生活区,非请勿入。"按照"集中居住、便于生活"的原则,女兵入住的舱室都已被改装,房间都增配了大衣柜和学习桌,在洗漱间加装了便器、淋浴头,更换了洗脸池等。

女舰员,是军舰上的"稀有物种"。在中国海军,直到2012年,才有首批全课目女舰员走上舰艇战斗岗位,吉萍萍就是其中之一。

一年多后,吉萍萍与相恋多年的男友结婚。按照有关政策,已婚备孕的女舰员可以申请离舰，调到岸上工作。机关先后两次打电话询问吉萍萍是否要调整岗位，她都谢绝了机关的好意。这个来自海南的黎族姑娘，深爱着这艘以家乡城市命名的战舰，舍不得离开。

没过多久，舰长也找她谈心，让她认真考虑是否需要离舰。"一想到要离开海口舰，就有种离家远行跟父母告别的感觉。"吉萍萍想了一中午，最终还是决定留下了。

2016年底，在家人的再三催促之下，吉萍萍和丈夫商量后，决定离舰备孕。提起笔，写下"申请书"三个字后却无论如何都写不下去。短短几行字的申请书，吉萍萍写了整整一天。

"我们舰计划参加第27批亚丁湾护航，你怎么考虑？"申请书逐级交至舰长，舰长叫来吉萍萍谈心。但舰长的话还没说完，吉萍萍便打断了舰长："我留下。我要参加护航。"

吉萍萍的决定让本来和谐的夫妻关系起了波澜，小两口甚至"冷战"了一段时间。直到出发前，爱人把准备好的一大箱零食、补品送到她手上，她才知道自己的爱人是如此支持自己。完成200多天的亚丁湾护航任务回到母港，吉萍萍在信号台上远远望见手捧鲜花在码头等候的爱人。那一刻，她感到无比幸福。

后来，吉萍萍怀孕了，不得不离舰。5年时间，4次面临离舰选择，在踏上岸的时候她心情复杂："作为妻子，我爱我的家庭；作为女兵，海口舰永远是我的家。"从海口舰下来很长一段时间，吉萍萍每天起床都以为还在舰上，只是再也听不到熟悉的舰广播了。

大学生士兵边爽比吉萍萍晚三年上舰，担任航海部门操舵兵。这位来自内蒙古草原的姑娘常常感到自己很幸运："看大海，当海军，上

军舰,没想到梦想一个一个全成真了!"更让边爽感到幸运和自豪的是,刚上舰第一次出远海就是去亚丁湾护航。

大海经常是以宽广、蔚蓝、浪漫的面目示人,当你真正走进大洋的时候,你会看到大海凶险狰狞的另一面。很快,边爽就尝到了幸运的代价。"每天都吐,站着吐,坐着也吐,一吃就吐。那时候就想躺在床上。"护航任务刚刚开始,晕船就让她瘦脱了相。但无论多大的风浪,边爽始终都坚持在战位上。

亚丁湾的茫茫夜色、无尽波涛和急促铃声,让这位坚强的姑娘变得更坚强;异国他乡的所见所闻,也让自豪的她变得更自豪。

2017年9月,海口舰停靠吉布提补给休整,并组织官兵在当地参观。边爽被贫困的吉布提深深地触动了,骨瘦如柴的小男孩没有衣服穿,在她们的大巴车后面捡矿泉水瓶喝里面剩下的水。那一刻,边爽感到"自己看似平凡枯燥的付出,正是强大祖国得以和平安宁的组成部分"。

护航归来,这个上舰不到一年时间的姑娘,已经在大风大浪中成长为一名合格的海军女战士。

在海口舰,每一个女舰员都有一段像吉萍萍和边爽一样的成长经历和心路历程。

2011年11月2日,海口舰副通信长胡珍、某部门助理工程师杜潇,随第10批护航编队奔赴亚丁湾执行护航任务,成为中国海军首批上舰任职并随主战舰艇护航的女军官。

那一天,胡珍在日记中写道:"今天是我随战舰出征的第一天,我觉得我是天底下最幸福的女军人。亚丁湾,我来了!"

远海大洋,风口浪尖,种种考验让许多男人都望而却步。但杜潇说:"我虽然是女人,但更是军人。报国不分男女,女人照样可以长驱大洋,为国出征。"

胡珍和杜潇同是 2010 年毕业的大学生。胡珍是东华理工大学国防生,被分配到令人羡慕的某驱逐舰支队机关;杜潇是国防科技大学毕业生,被分配到南海舰队通信总站。当她们得知舰艇选拔女军官时,都不约而同地写了申请书,主动请缨上舰艇。

为了实现上舰的梦想,胡珍、杜潇开始做各种准备:了解舰艇装备,收集相关资料,制订学习计划。经过选拔,2011 年 10 月,她们接到命令,到海口舰任职并随舰执行第 10 批亚丁湾护航任务。

梦想之旅刚刚开启,汹涌的大海就给她们来了一个下马威。起航当天,舰艇编队就在南海海域遭遇大风浪,大部分舰员不同程度出现了晕船、呕吐等症状,刚刚踏上舰艇的胡珍和杜潇也不例外。胡珍脸色煞白,额头上渗出冷汗,晕沉沉的;杜潇感到胃里翻江倒海,一天吐了好几次。舰领导让她们去休息,她们说:"抗晕船是我们的必修课,这门课不过还当什么海军啊。"

几天后,胡珍、杜潇逐渐适应了大海的"摇摆"。作为第一批上舰任职的女军官,新战友、新环境、新业务,样样都是考验。为尽快掌握通信装备的操作使用,胡珍每天和士兵们一起爬天线、下舱室检查调试装备,专业技能迅速得到提升。杜潇白天在战友的带领下跟班执勤,晚上学习专业理论知识……没过多久,她们俩顺利拿到了独立值班的"上岗证"。

胡珍和杜潇身上"那股不服输的冲劲",让时任舰长邵曙光刮目相

◎ 2017 年 9 月 25 日，执行第 27 批护航任务期间，海口舰组织女兵自制月饼（刘鑫 摄）

看："虽然到舰上工作才两个月，但她们表现出来的业务水平和工作作风令人敬佩。"

除每天值班外，胡珍和杜潇还轮流担任编队"蓝盾之声"广播站播音员和"蓝盾风采"电视台主持人。她们利用值班间隙，录制护航要闻、水兵日记等广播节目，甜美的声音传遍了舰艇的每个舱室和战位。兼任文艺晚会主持、甲板运动会裁判……无论是白天还是深夜，无论是波澜不惊还是恶浪滔天，她们活跃的身影随处可见，为护航编队增添了一道靓丽的风景。

（四）

这道靓丽的风景里，还有舰上最小的女兵王柯鳗。

2011 年，王柯鳗从军校毕业分配到海军某驱逐舰支队。报到后不久，这位刚刚 16 岁的文艺兵，得知海口舰即将执行第 10 批护航任务，激动得连夜写下决心书，坚决请求随舰出航。

"白色的军装、蓝色的大海、威武的战舰，还能出国打海盗"，这几乎满足了这位女孩对海军的全部想象。直到上舰远航，王柯鳗才真正明白梦想的重量，真正体会到军装意味着什么、大海意味着什么、战舰意味着什么、打海盗意味着什么。

多年之后，海口舰先进事迹报告会在北京人民大会堂拉开帷幕。作为报告团成员之一，王柯鳗深情地讲述着属于她们在远航中的成长故事——

谁说女孩经不起风浪？在逐梦深蓝的路上，我们剑气如虹、意志如钢。

上舰后，舰政委问我的第一句话就是："晕船吗？"我斩钉截铁地说："绝对不晕！我能原地转上几十圈，身体都不晃。"牛皮被我吹上了天，没过多久就被现实打脸。几个回合下来，我们几名女舰员全部吐到天昏地暗。

这时，政委挨个舱室来慰问，看到我们一个个像霜打的茄子全都蔫了。他一边变戏法似的拿出巧克力，一边鼓励我们说："吐了之后还得吃东西，吃饱了才有力气吐。这是起航时你嫂子塞给我的，我都没舍得吃。你们这些吃了巧克力的，得给我争点气啊！"

吃着政委给的巧克力，眼泪咸咸的，心里甜甜的。是

啊,不经历风雨,怎能见彩虹,如果连这点风浪都闯不过去,还谈什么勇闯大洋、走向深蓝。大家暗暗下定决心:就是吐也要吐在战位上。为克服晕船关,我们把精力集中在学习专业和值班执勤上,边吐边学、边吐边干;为克服体能关,我们每天绕着甲板跑步坚持锻炼、增强体质;为克服想家关,我们与战友们打成一片,训练间隙开展趣味比赛,给值夜班的战友送夜餐,还经常组织参加各种大洋晚会、深蓝歌会……使舰艇生活变得丰富多彩。从一名稚嫩的新学员成长为一名合格的教导员,是大海教会了我勇敢与坚强,让我在追梦路上笑对艰苦、迎风翱翔。

谁说女子不如男?在大洋练兵场上,我们一样扛红旗、当尖兵。

巾帼不让须眉,战舰不相信眼泪。为了不让男舰员小瞧,我们定下目标:任务不讲条件、工作不降标准、生活不搞特殊、成绩不拉后腿。这不仅是一句口号,也是我们训练生活的真实写照。指控班女兵戴晰雨,别看个子小,训练劲头可不小。刚上舰时穿戴防毒衣考核不及格,别人午休她就加练。好几次我看不过去,想让她休息,她却乐呵呵地说:"教导员,免费桑拿、全新SPA,你也来一下?"每次练完,防毒衣都能倒出半碗水。最终她摸索出适合女兵的快速穿戴法,考出了全舰第一。有了这个榜样激励,女兵们都向各自专业"满血"冲锋,报务、信号、绳结……现在舰上很多纪录都是由我们女兵创造的。

专业竞赛个顶个，群体配合也是强中手。前不久，舰上组织损管堵漏比武。裁判员一声令下，狭小的舱室内，4个娇小的身躯立即扑向一个直径约25厘米的破损口——搬堵漏箱、压破损口、装金属支撑、拧固定螺杆……一整套堵漏动作，4名女兵配合默契，用时不到1分钟，这令裁判员和参赛的男舰员刮目相看。

起初，还有人担心女舰员娇气，但事实证明，女舰员记忆力好、专注力强、严谨细致，在很多优势岗位可以发挥更加重要的作用。现在，我们舰一共18朵"金花"，大家的刻苦和进步让男舰员们倍感"压力山大"，他们半开玩笑地说："以前都说男女搭配、干活不累，现在是男女打擂、效益翻倍啊！"

谁说战争让女人走开？女兵也是兵，打起仗来照样上战场。

刚上舰的时候，舰长的一番话让我印象深刻：你们首先是个兵，然后是女兵，最后才是女人。未来战场上，没有男女之别，只有胜负之分！

广袤的大海，汹涌的不止波涛，还有暗战的硝烟。一次，我们正在南海执行战备巡逻任务，忽然接到命令："在你东南方向100海里发现一艘外国军舰，命你舰立即前出跟踪监视。""右满舵，航向150"，听到舰长口令，女操舵兵莫敏希迅速做出反应，立即调整航向高速向该舰追去。一路上，狡猾的对方舰艇要么借助路过的商船做掩护，要么

抛出一些假目标信号,企图造成我雷达误判。为了找准、分清、跟紧目标信号,女雷达兵杨兰目不转睛盯着屏幕,仔细甄别、准确定位,死死咬住对方。眼看着远处的小黑点逐渐变大,我带领取证小组迅速到达指定位置,用摄像、照相机对该舰进行拍照取证。女信号兵宋茜则通过甚高频不断用英语喊话驱离。看到我们理直气壮紧追严逼,外舰只好向外转向乖乖地走了。那一刻,我们没有一名女舰员感到害怕,更多的是临战的兴奋和报国的豪情。对方是在试探我们的底线,而我们不惧挑战、针锋相对,展示的就是中国海军坚决捍卫领海主权的底线和决心!

谁说女兵不懂柔情?我们的爱像大海一样深沉宽广。

有人把女舰员称为"女汉子",觉得我们不懂生活、缺乏温情。其实我们也爱美,爱自拍、爱逛街、爱美食,内心渴望被照顾、被呵护、被宠爱。但我们心中更有一份大爱,那是对蓝色大海的爱,对海军事业的爱,对伟大祖国的爱。为了这份爱,我们可以放下儿女情长,告别花前月下,去履行一名军人的使命与担当,在大海星辰寻找我们的诗和远方。

我特别喜欢战友吉萍萍日记中的一首诗:

我的战舰,我喜欢你

像风走了八千里

不问归期

我喜欢你

像海波澜壮阔

沉默不语

当我的海魂衫沾满各个大洋的浪花

那一刻，唯愿与你相守天涯

你的眼里，藏着星辰大海

风筝有风，海豚有海，而我有你……

谁说女孩经不起风浪？谁说女子不如男？谁说战争让女人走开？谁说女兵不懂柔情？这一声声反问式的"女兵独白"，感动着人民大会堂会场的观众；这一声声反问式的"女兵宣言"，折射着海军舰艇部队的跨越发展。

在海军转型发展的征程中，舰艇女军人已经成为一支不可或缺的

◎ 英姿飒爽的海口舰女兵

重要力量。从第一位女教导员、女航海长到第一位女导弹兵、女枪炮兵,女军人的身影越来越多地出现在战斗岗位。相信,在不久的未来还会有更多的女舰长、女政委出现在舰艇钢铁洪流中。

从她们身上,我们看到的不仅是舰艇战斗要素构成的变化,感受更深的是中国海军与世界接轨、与时代同行、与梦想齐飞的气度与自信!

>>> 第五章
世界舞台,为中国代言

2009 年 4 月 26 日上午,中国海军首批护航编队海口舰和武汉舰,圆满完成第一阶段护航任务,驶入南中国海海域。

阔别四个月,今朝回祖国。8 时 20 分,编队举行了"向祖国报告"仪式。海口舰、武汉舰升起航行代满旗,两舰分别鸣笛一长声,军容严整的护航官兵在甲板整齐列队,向阔别四个月的祖国敬礼。

千里万里,风里雨里,海口舰航行在祖国的目光里。

三年之后,海口舰又一次航行在归国途中。"10、9、8、7……3、2、1、0,现在由东七区 20 时调整为东八区 21 时!"2012 年 4 月 25 日,中国海军第 10 批护航编队进行了此次远航的最后一次调时。

无论航行有多远,编队与北京零时差,军舰与祖国同心跳。

在今天看来,"向祖国报告""调时",只是中国海军每一次远航或归来途中再普通不过的例行仪式,但这却是中国海军几代人曾经朝思暮想的两个场景。

在人类目力所及的宇宙中,地球是唯一呈蔚蓝色的星球,其表面积的 71% 被海洋覆盖。正是在这 36100 万平方公里的浩瀚水面

上,"新航路的开辟"开启了真正意义上的世界史,世界从此融为一体,大国纷纷登上这蓝色舞台,展示辉煌和荣耀。

然而,随着中国曾经高扬的云帆从大洋上消失,近代以来,我们融入世界的过程有着太多的苦难和屈辱。曾几何时,中国海军的战舰从未离开过祖国的怀抱,中国海军也被称为"黄水海军"。

国际上通常把近岸防御型海军称为"黄水海军",把近海游弋的海军称为"绿水海军",而把具有远洋作战能力的海军称为"蓝水海军"。涉足海域的海水颜色越深,代表一个国家海军的实力越强。

在祖国的视线里,"走向深蓝"不仅是每一个中国海军军人为之奋斗的梦想,也是中国海军应对多种安全威胁、完成多样化军事任务的时代课题。

进驻中国海军亚龙湾营区,"走向深蓝"四个字,醒目地镌刻在南海舰队某驱逐舰支队办公楼前的大石头上。这四个字也是海口舰官兵间谈论最多、使用频率最高、脑海烙印最深的字眼。

海口舰无疑是幸运的。在祖国的视线里,它越走越远。入列以来,海口舰平均每年出海200多天,足迹遍布美洲、非洲、亚洲,跨越印度洋、太平洋、大西洋,累计航行34万海里、近3万个小时,开创了中国海军多个首次和第一。

海口舰走向深蓝的航迹,映照着中国海军转型发展的轨迹。

在海口舰舰长樊继功出生的第三年,一支舰队出现在太平洋上。这是中国海军水面舰艇第一次驶出近海,越过岛链,进入太平洋。这支特混舰队,圆满完成了我国向南太平洋预定海域发射运载火箭的保障任务。

消息传来，震惊世界。美国前驻华大使约见海军某基地司令时说："你们解决了海上补给，中国海军可以访问我们国家了！"

此言非虚。伴随着改革开放的大潮和我国国家利益的拓展，中国海军舰艇的航迹从祖国沿海向大洋深处不断延伸——

1985 年 11 月，132 号驱逐舰、X615 号补给舰，首次编队出访南亚 3 国，由此拉开了中国海军出访他国的序幕。

1997 年 2 月至 5 月，中国海军舰艇编队首访美洲 4 国，首次抵达美国本土，并首次完成环太平洋航行。外电评论："这是中国自明代郑和以来最伟大的航程，中国海军进入大洋的能力显著提升！"

5 年后，也就是海口舰下水的前一年，由青岛舰和太仓舰组成的舰艇编队，历时 132 天，航程 3.3 万海里，横跨三大洋，完成了中华民族历史上的首次环球航行。这次航行访问历时之长、航程之远、规模之大、影响之深，前所未有，成为中国海军建设史上的又一里程碑。

深蓝航迹，国际舞台。仅以海口舰三次亮相的亚丁湾为例，在那片面积仅相当于 5 个渤海的海域，最多时云集了 20 多个国家的 40 多艘护航舰艇。

军舰是海上流动的国土，是一国主权的象征。走向深蓝的中国海军一舰一艇关乎政治外交，一举一动影响国家形象。

"肩负大国责任，凝聚世界目光，中国海军书写历史辉煌……"正如这首《亚丁湾护航之歌》所唱的那样，海口舰不仅在商船繁忙穿梭、多国战舰汇聚的亚丁湾，展示了中国海军"和平之师""威武之师""文明之师"的良好形象，还在更多世界舞台彰显了中国作为

◎ 2014 年 6 月 13 日,海口舰参加多国联演任务期间进行横向补给(胡锴冰 摄)

一个负责任大国的良好风范。

面对越走越远的深蓝航迹,不少人说:"我们终于有骄傲的资本了。"但海口舰时任政委邹琰却说:"我们终于有资格谦虚了。"

有时,谦虚也是需要底气的,那正是自信的表现。在跨海越洋、远涉他乡的征程中,每一位海口舰官兵都是中国的代言人。

(一)

一艘船、一条舰能承载些什么?

或许,一千个人会有一千种答案。但聚焦在海口舰身上,世界目光里的答案,却出奇的一致。

"在中国舰艇上你将听到什么样的未来?"美国《外交政策》网站

在 2017 年 11 月 7 日的一篇文章中发出此问。

文章作者为《全速后退：美国和中国在太平洋力量冲突》一书作者迈克尔·法比。2017 年，迈克尔·法比在参观过海口舰后，得出自己的观察结论："海口舰上的年轻军官十分自信。他们对祖国的命运非常肯定。"

这位美国记者的结论与中国退役大校刘明福的观点不谋而合。"看看中国的进步，看看中国的经济，看看中国的海军……"刘明福在其畅销书《中国梦》中引用了海口舰年轻军官们的话："美国是过去，中国才是未来。"

海口舰官兵的自信和从容，曾在 2014 年的夏天在美国夏威夷掀起了"中国海军热"。

那年 7 月，"环太平洋－2014"演习举办参演国舰艇开放日活动，来自 10 多个国家 30 多艘舰艇的官兵、当地民众以及各国媒体记者等千余人，登上首次代表中国参加演习的海口舰和岳阳舰参观。庄重大方的举止、流利地道的英语……中国海军官兵丰富的阅历知识，开阔的国际视野，被世界各大主流媒体报道。

加拿大海军库特里尔少将来到海口舰观摩交流时说："中国军人的能力和素质令人印象深刻。"美国海军皇家港号导弹巡洋舰舰长埃里克·维勒曼也参观了海口舰，这位参加过海湾战争和伊拉克战争的上校说："这是我第一次与中国海军进行共同训练，给我的印象是中国海军非常专业，非常守时，在各种演习科目中反应迅速、准确、高效。"一位名叫菲尔比的专业军事记者则这样评价海口舰："它可与世界一流驱逐舰媲美。"

◎ 2014 年 7 月 5 日,海口舰参加多国联演任务期间,官兵与韩国同行交流(于林 摄)

◎ 2014 年 7 月 6 日,多国联演任务期间,外国民众登上海口舰参观(邵龙飞 摄)

◎ 2014 年 6 月 19 日，多国联演任务期间，海口舰主炮射击（于林 摄）

◎ 2014 年 7 月 19 日，海口舰参加多国联演任务期间，官兵组织战伤救护训练（于林 摄）

为何来自不同国家、不同职业的人们,对海口舰的优秀近乎众口一词?

海口舰有位战士说得好:"因为我们和我们这艘战舰的背后,是中国,是 13 亿中国人。"

海口舰通道入口处不远的电子显示屏上,反复播放着这样一句话:"我是中国海军海口舰,我为中国海军代言!"

这既是海口舰全体官兵对祖国的忠诚承诺,也是新时代水兵的豪迈自信。

海口舰在收获尊重的同时,也向全世界传递了和平和友谊的种子,传播着和谐海洋的理念。

那一次,执行第 10 批护航任务的海口舰靠泊阿曼塞拉莱港休整。"海上不冒一滴油,地上不留一片纸",舰员们每天将上百千克的纸箱、塑料瓶等可回收垃圾,收拾得利利索索后,再抬到码头,整整齐齐地堆放垃圾箱旁。然后再回头,把散落在地上的小纸片等,一一捡起,送到垃圾箱内。突然,一张纸片被风吹得很远,送垃圾的舰员,一直跟着追,直到将其送到垃圾箱后,才返身上舰……亲眼看到这一幕,当地港区管理者阿卜杜勒竖起大拇指连声称赞:"Good! China!"

第 10 批护航编队顺访泰国时,当地民众自发组织起来,为海口舰送来泰国特产、水果;出访莫桑比克时,一位当地华人听说中国军舰来访,早早地驾驶游艇到海上迎接,跟随着他们进港、停靠。

就像是一座桥梁,海口舰把中国海军与到访国军队和民众的心紧紧地连在了一起。

2017 年 1 月 24 日,中国海军第 27 批护航编队缓缓驶入摩洛哥卡萨布兰卡港,码头早已拉起了欢迎中国海军的横幅,前来迎接的使馆工作人员、华人华侨代表和留学生手中挥动着五星红旗。

"军舰是流动的国土,欢迎回家。"作为舰艇开放日讲解员之一,部门教导员吴易灏陆续接待了300多名上舰参观的华人华侨,每一个侨胞登舰后,都会感叹国防和军队建设的飞速发展,感叹中国海军转型建设取得的巨大成就,感叹改革开放以来祖国经济建设发生的历史性变化。

深受感动的吴易灏在当天的日记里写道:"海口舰是幸运的,赶上了国家改革开放、强军兴军、人民海军大发展的好时代,而我也有幸成为海口舰的一员,走出国门,感受祖国和海军的日益强盛。"

吴易灏的这番话,对空部门分队长胡慧感同身受:"不到国外永远感受不到'祖国'二字的重量。一个没有祖国的人、一个国势很弱的

◎ 海口舰护航出访期间,华人华侨登舰参观,倍感自豪

人,实在是既可怜又可悲。"

"我们刻印在时代鼓点上的舰艇航迹,从某种程度上说其实就是民族复兴、国家富强在深蓝大海上的投影。"在海口舰时任政委邹琰眼中,只有锤炼一流的专业素养、一流的打赢本领、一流的国际视野,才能匹配大国尊严。

邹琰的这番话,对于海口舰来说别具深意。身处海上维权斗争第一线,海口舰经常要面对不怀好意的外军舰机近距离的交锋和挑衅。那年,某国2个航母战斗群进入南海,海口舰奉命前出跟踪监视。面对强敌,官兵们毫不畏惧,与对方斗智斗勇,全程保持等级防空防潜戒备,依法对其进行查证识别和警告驱离,坚决守卫祖国的寸土寸海。

维护国家的尊严和利益,不仅需要用刺刀见红的勇气去应对刀光剑影,有时还需要硬碰硬的正气和智慧,敢于在"暗战"中亮剑。这是曾经带领海口舰参加多国海上军演的第五任舰长晏鹏的独有感慨。

那年,海口舰参加多国海上联合军演。时任舰长的晏鹏,在参加一次多国海军图上推演时,发现主办方在给每艘参演舰艇发的一小面国旗上,写有海军舰艇英文缩写。字体很小,一般人也不会太留意,但晏鹏发现,"中国人民解放军海军海口舰"的英文缩写却被写成"中华民国海军海口舰"。

见状,晏鹏和其他一同参加推演的中方舰长一道,立即找到了主办方,代表中方严正地提出三点要求:一是立即销毁所有照片和视频资料,并不得在任何场合再出现;二是必须向中方就此事道歉并说明原因;三是我方保留进一步采取其他措施的权利。

主办方被中国舰长维护国家利益和重大原则立场的气势所慑服，立即销毁了影像资料，并当场致歉。事后，主办方的一位司令员，还写亲笔信给我方指挥员致歉并解释说是由于工作人员失误所致。

为国出征，不容有失；为国代言，不容有损。

"无论中国怎样，请记得：你所站立的地方，就是你的中国；你怎么样，中国便怎么样；你是什么，中国便是什么；你有光明，中国便不再黑暗。"

这是一位学者送给北大学子的箴言。时任海口舰政委邹琰对此感同身受。回顾这么多年海口舰搏击在深蓝大洋的日日夜夜，他深情地说，海口舰承载着共和国的尊严和责任，官兵们也在海口舰上找到了自己的使命感和成就感。

◎ 2014 年 6 月 13 日，海口舰参加多国联演任务，海口舰直升机升空前出搜索（王栋 摄）

（二）

在世界舞台上,实力是赢得尊重的入场券。

在舱段区队长邹雷的记忆里,3 次与美军舰员联合开展海上损管救援演练的经历,格外难忘。

那是在一次多国联合军演上,海口舰舱段班长邹雷受命担任损管组组长,前往模拟受损商船进行损管救援演练。接到通知时,邹雷并没有被告知该船的确切受损情况。他和战友们只能尽可能多地把器材准备齐全。

"受损船舶是起火还是破损?"面对邹雷的疑问,导演部有意摸一摸中国海军的底,就什么也没有回答。

登上巡逻舰甲板,邹雷看到,舰艉起降平台上的一段金属管上,高压水柱透过一道长达 20 厘米的不规则裂缝不断向外喷射,平台上的积水已经没过脚踝。此时,巡逻舰的三层甲板上,密密麻麻站着数十名美军舰员,有些人手里还拿着手机和相机,准备随时记录中国水兵的表现……显然,这是在有意考验中国水兵的实力。

看到这阵势,邹雷轻松地一笑:"兄弟们,露一手给他们看看!"战友们会心地一笑,就开始动手作业。

断水、放铁片、上卡箍、拧螺母……在美军舰员的注视下,邹雷和战友们娴熟完成包扎。

随后,现场的外军提出试压检查效果。

打开水泵,加压……水龙带随即鼓起。两名美军舰员上前踩了踩，水龙带硬得像铁管一样，纹丝不动。

第一次加压结束，管路包扎滴水不漏。现场的美军舰员似乎不甘心，提出二次加压检查。

再加压，管路包扎处还是滴水不漏！现场顿时爆发出热烈的掌声。拍摄下包扎部位后，现场美军舰员还邀请邹雷和战友合影留念。

随后，邹雷带领损管组又与美军舰员进行了两次"过招"。一次是灭火训练，一次是堵漏训练。特别是在堵漏训练时，邹雷他们按照美军训练模式开展损管训练，却发现美方的方法原来那么费时费力。"没有我们自己发明的专用器材实用。"邹雷在那一刻感慨，"我们日常用的堵漏工具还是非常给力的。"

亮相国际舞台，一群专业过硬、素质全面的官兵就是海口舰的"最帅颜值"。

一次中外联合演习，海口舰与美国海军"皇家港"号巡洋舰配合，进行临检拿捕演练。情电部门时任助理工程师黄武超，担任临检拿捕小组组员兼翻译。

在顺利完成登临检查后，黄武超和队员们从"皇家港"号巡洋舰爬软梯返回小艇。临近傍晚，海上风浪越来越大。就在黄武超的脚即将踩上艇舷的那一刻，一股暗涌突然将小艇甩向舰尾。黄武超的右腿不慎被小艇和"皇家港"号巡洋舰夹在了中间。一股剧烈疼痛袭来，黄武超咬紧牙，停顿了好几秒才缓过神来。

天色越来越暗，如果小艇再不及时返回母舰的话，整个登临小组将会面临很大的危险。当时，黄武超第一反应就是，"今晚会不会就

'留'在美舰上了?"但他知道,此时此刻他代表的就是中国海军的形象。

"决不能给中国海军丢人。"忍着剧痛,黄武超坚持爬下软梯返回小艇。随后,全体临检拿捕小组安全返回母舰。

这一幕,恰好被美国海军的一位联络官看到了。在后来的一次观摩活动中,这位联络官来到海口舰,主动找到黄武超,将一顶美国海军"海豹突击队"的棒球帽送给了他:"你那天的表现让人印象深刻,你就是我心目中的英雄。"

黄武超与美军同行之间的故事,到这里还没有结束。后来,美国海军第三舰队司令弗洛伊德中将率队来到海口舰参观,黄武超又作为翻译人员全程参与陪同。

交流中,黄武超给弗洛伊德留下了很深的印象。当得知眼前这个英语流利的年轻军官竟然是助理工程师,翻译只是临时兼职,弗洛伊德中将不禁刮目相看:"了不起!你将来的职业规划是什么?"

"当舰长,指挥中国军舰维护世界和平。"黄武超毫不迟疑地回答道。他的大方与自信令弗洛伊德非常欣赏。参观结束,握手道别时,弗洛伊德将军送给黄武超一枚精致的将军币。

随后不久,海口舰访问美国圣迭戈。在海口舰甲板招待会上,黄武超与弗洛伊德将军再次碰面。弗洛伊德专门邀请黄武超参加第二天在其官邸举办的美方招待会。

那次招待会上,黄武超国际化的视野、自信的谈吐、前瞻的思维,让弗洛伊德将军赞赏有加。临别,弗洛伊德将军又额外送给黄武超一枚将军币,并不住地称赞:"你,穿着军装的外交家!"

◎ 2014 年 6 月 16 日，海口舰参加多国联演任务期间，官兵在驾驶室与美军同行交流

今天，当你深入了解海口舰的故事，便会得出和时任政委邹琰一样的结论："在这艘战舰上，像黄武超一样与外军自信交流、自信展示不是个别现象，而是普遍存在。"

常态化地奔赴远海大洋，海口舰先后与美国、英国、法国、德国、俄罗斯等不同国家的近 20 艘军舰海上相遇，并与多国护航编队进行互访会面交流。他们经常性地与中外舰船互相通报海盗信息、护航和巡逻行动、航空器飞行等有关情况……

当然，随着了解的深入，你还会了解到另外一个秘密——其实，在外军面前，黄武超和他的战友们一开始远没有现在这么自信。

（三）

黄武超的故事,仅仅有美国军人的视角是不够的。你只有听完他本人的讲述,才有可能描绘出一个"真实版黄武超"或者"完整版黄武超"。

或许,这就是海口舰故事的迷人之处。在国际舞台上,这艘星光熠熠的中国明星战舰和它的舰员们,有高光时刻,也有尴尬时刻。事实上,他们不断成长的变化,正是从正视并咀嚼自己的"尴尬"开始的。那是一种自省的力量,更是一种自信的力量。

2014 年,海口舰与另外 2 艘舰艇首次参加多国海军联演。参演各国舰艇组成编队航渡期间,美方在"提康德罗加"级巡洋舰"乔辛"号会议室召开了一场航前准备会。

黄武超作为海口舰代表,和其他 5 名中方军官一起参加了这次磋商会。一进会议室,现场的情形让中方代表大吃一惊,桌子上有咖啡和饮料,还摆满了各式各样的茶点。黄武超一头雾水,甚至怀疑自己走错了地方。

会上,黄武超显得有些拘谨,因为他不知道美方的真实意图是什么? 开会怎么还准备这么多吃的? 同时,他也担心自己的英语水平,万一因为吃东西而漏掉了什么关键信息就麻烦了。"那次开会,桌上的咖啡和茶点我几乎没动,就喝了点水。"他后来回忆说,"说白了,还是见识少,不自信。"

有了第一次的经验,第二次就好多了。一个月后,联演任务结束,编队即将访问美国本土，美方又召开了一次航行准备会。"这一次，我们可不能再辜负美方的盛情了。"出发前，黄武超这样与战友开玩笑。

的确，这回黄武超自信、大方了很多。来到会议室，他端着一杯咖啡，主动与各国参会代表打招呼，交流联演期间的故事和感受。会议开始后，他一边吃着茶点，一边用英语与美方联络人员交流，气氛轻松而融洽。

"那次多国海军联演给我留下了深刻的印象，我第一次走出国门与外军交流，我的第一个三等功也是那时立的。"多年之后，已是少校的黄武超谈及此事，仍感慨不已。

某种意义上，海口舰舰员们的对外交流成长史，也是中国海军走向国际舞台的一个缩影。黄武超出生的第二年——1986 年 11 月 5 日，美国海军太平洋舰队司令莱昂斯上将率 3 艘军舰来访。这是美国军舰在中华人民共和国成立后首次系缆中国。

两军握手，敏锐的国外媒体马上发现：美军官兵落落大方，中国官兵拘谨羞涩。当时担任陪访舰的大连号导弹驱逐舰官兵第一次参加外事活动，许多官兵没能与美军官兵说一句话、照一张相，有的水兵在路上遇到美军官兵都低头绕道走……

正是在走向国际与世界同行交流的过程中，海口舰官兵才变得越来越开放、越来越自信。

海风轻拂，一场盛大的甲板招待会在海口舰飞行甲板上举行。主炮分队长皇甫晓伟与上舰的外国同行谈生活说家庭、交流各自国家文化，娓娓道来、滔滔不绝……

但说起自己第一次在国外参加甲板招待会，皇甫晓伟依然耿耿于

怀:"那时,感觉自己就像个哑巴!面对外国同行,尽管脑子里有一堆话题,但就是茶壶里煮饺子——有嘴倒不出……"

从曾经的"张不开口"到今天的"应对自如",助力皇甫晓伟"脱胎换骨"的,是海口舰广阔的对外交流平台,给了他历练提高的机会和战场。

远洋护航、中外联演、访问交流、联合搜救……近年来,随着常态化走出国门执行任务,海口舰经常与外军同行同处一个海域,相互合作、相互交流、相互切磋,历练了海口舰官兵的世界目光。皇甫晓伟和战友们如今不但能和外军交流自如,还能通过中英文双语通信频道值班,利用电子邮件、水星网、传真等多种方式与中外舰船进行实时沟通。

"舰员们流利的英语口语刷新了外军对我们的认知。"轮机技师周帅曾作为士官代表,参加一场多国海军交流座谈会。他说,海口舰舰

◎ 2014 年 8 月 13 日,海口舰参加多国联演任务期间停泊外国港口(王栋 摄)

员的国际化素养和扎实的训练水平就像一张"行走的名片"，让外国同行看到了中国海军的新面貌。

一次执行战备巡逻任务，通过无线电设备，信号兵吉萍萍熟练地向不明国籍的船只喊话。流利的口语、标准的发音、规范的用语让人吃惊。

海军对外喊话是一项专业度很高的任务，不仅要精通外语，还要熟知相关国际法规，随时应对各种突发情况。以往舰艇出海，进行类似喊话的都是部门长以上军官。

吉萍萍至今还记得，上舰没多久，有一次她值更，对一艘外军军舰进行喊话。那时，大家都很谨慎，驾驶室里来了不少领导，舰指挥员让她把要表达的意思先写在纸上，翻译成英文，确认无误后再喊话。听对方的回话，她更是慎之又慎，生怕听错或是漏了一个关键词。而且旁边还放着一支录音笔，遇到一些复杂的报文，只能拿着录音笔向舰上英语好的同志请教。

"现在对外喊话，随便找个信号兵就能胜任，而且大家越来越专业，越来越从容。"吉萍萍兴奋地说，近年来，随着海口舰执行中外联演、海上维权和护航出访任务的增多，官兵们见得多也用得多了，对外喊话已成为一项基本专业技能。

"驰骋大洋，就要拥抱世界。"海口舰官兵的国际化素质，不仅来自国家舞台的锤炼，还来自海口舰为舰员们量身定制的国际化功课——

开设"英语角"，开办英语广播，组织学习英语，各级指挥员在下达口令、操纵舰艇时使用双语进行；值更官必

须通过英、汉两种语言向被护中外船舶发送指令;内舱值日广播,既用双语口头表达,又以双语书面撰写;充分利用被护外籍船舶沟通,对可疑船只进行驱离、查证,与外军护航舰艇进行信息交流,以及境外靠港休整等时机,加强实际运用,全面提升船员在涉外工作中的交流协调能力……

一系列措施,催生了"两支队伍":一支可以独立与引水员协调进出港和离靠泊事宜、独立收发护航信息的军事指挥军官队伍,脱颖而出;一支能够流利地运用英语进行日常广播工作、介绍职掌装备、报告观察警戒情况和协调避碰行动的士官队伍,应运而生。

英语,仅仅只是走向国际舞台的开始。

有一段时间,海口舰通信部门信号兵吴志强特别郁闷:尽管自己一口英语特流利,但在护航任务期间,他却发现自己与外舰沟通时常陷入无用武之地——善于使用《海上意外相遇规则》和《演习战术1000》等规则的外舰,发出的一连串代表舰艇机动信息的通信指令代码,常常让他一下子摸不着头脑。

"要想拥抱世界,就必须熟悉国际规则。"走下战位,吴志强一头钻进书海,加班加点学习《海上意外相遇规则》《演习战术1000》《国际海上避碰规则》以及《联合国海洋法公约》等文件法规。后来,吴志强已经能够灵活自如地运用这些文件,与外军迅速达成有效沟通。

海口舰,不仅是观察近年来中国海军快速发展的一个绝佳窗口,还是新一代官兵日渐成长并担当强军重任的一个不可多得的时代平台。某种意义上,这艘"深蓝战舰"孵化出了"深蓝一代"。

在接下来的故事里，我们将进一步展开他们的命运及其背后的故事。他们有的在多型军舰服役，经过漫长历练，通过全训考核，成长为优秀的指挥人才；有的肩扛高级士官军衔，从老式舰艇来到现代化的海口舰，在一个岗位上一待十几年，成为某个领域的行家里手；有的一入伍就来到海口舰，在几代水兵羡慕的环境中迅速成长……

我们还将会看到，"中华神盾"最为精彩的生命段落：入列十几年来，凭借"深蓝一代"与装备的深度融合，海口舰不断提高战斗力，在许多极限条件下取得无愧于"中华神盾"名号的成绩。

>>> 第六章
视野有多宽,舞台有多大

一个水兵的脚步能走多远?

海口舰指控技师周文明,参加第一次亚丁湾索马里护航,一口气在海上跑了 124 天。机电部门柴油机班长王东,随舰执行某搜救任务,穿南海,跨赤道,进入南太平洋,直抵南纬 44 度,69 天的航程经历了春、夏、冬 3 个季节……

笔者的采访本上,从这个水兵得到的答案,马上被那个水兵覆盖。在海口舰机舱里的巨大轰鸣声中,王东几乎是扯着嗓子,和笔者算了一笔账:"我们舰上 80% 的官兵都去过 10 个以上的国家。"

"从当初人人抢着上大舰,到现在人人都能上大舰;从以前只能在家门口打转转,到现在满世界跑圈圈。我们战舰留下的每一道航迹,都见证了一支军队的转型,见证了一个时代的跨越。"这位 16 年前去江南造船厂接海口舰的老兵,话语间流露着掩饰不住的自豪。

的确,正如王东所说,在海口舰上,这些很多当兵前没走出过大山、没见过大海、不会讲几句英语的水兵们,如今可以随口道出一个个遥远的国度、一座座陌生的城市、一条条拗口的海峡名字——那

感觉,就像在歌唱我们伟大的祖国从此走向繁荣富强。

脚步有多远,视野就有多宽。

那天,正在亚丁湾漂泊待机的海口舰,与相向而行的一艘庞然大物不期而遇。机电部门时任教导员杨锴拿上相机,三步并作两步跑到起降平台。在海口舰左舷正横约 1.5 海里处,杨锴清晰地看到这个庞然大物甲板上停得满满当当的飞机,"前甲板是直升机,后甲板是'海鹞'垂直短距起降战斗机"。

这是一艘美国海军黄蜂级"巴丹"号两栖攻击舰。从拉近的镜头中,杨锴看到,美军也有好多水兵在对海口舰拍照。

一艘是美国海军的重型舰艇,一艘是中国海军的新型战舰,它们在大洋上的相遇与彼此打量,正如海口舰很多次与外国军舰的相遇与打量一样,再正常不过。

然而,再平常的相遇也会触动水兵的思绪,再无心的打量也会打开水兵的视野。

"当 P-3C 飞机在头顶盘旋,当伯克级驱逐舰在附近游弋,我们的头脑就会更加清晰。"通信部门战士高孟孟常常会想起那些"相遇"和"打量",也常常会想起舰舷通道中的那句话:"离开了学习,我们还能走多远?"

在波澜壮阔的海洋上驾驭着新型战舰,这位年轻的战士脑子里满是忧患:我们是否想过自己还缺少什么,距离走向深蓝的要求还有多远?

一名士兵的视野,折射着一艘战舰的视野。那视野不仅看向未来、看向世界,也看向自己的历史深处。

那天夜里，海口舰迎着风雨，在波涛汹涌的南海海面上航行。机电部门动力分队长、海军上尉何伟伟夜不能寐，挥笔写了一首《满江红·遥望南海》："甲午耻，君犹记，南海恨，何时灭？驱神盾，扬我中华威武，明朝请缨携锐旅，战舰破浪。"

邵曙光常常为自己有这样的舰员而骄傲。那天，在印度洋的风浪之上，时任舰长的他向全体舰员推荐了一本书——美国海军"本福尔德"号舰长迈克尔·阿伯拉肖夫写的《这是你的船》。

作为一舰之长，邵曙光很欣赏国外同行的这句口号："'这是你的船'，就是要充分调动每一名舰员的主动性、创造力，凝聚官兵，同舟共济，齐心协力，这样才能实现既定目标。任何一项任务都不是凭我一己之力能够完成的。"

海口舰是每一个舰员的船，也是每一个舰员的舞台。这个舞台究竟有多大？这是从首批舰员接舰那天起，一直到今天，甚至还要到明天，所有海口舰官兵天天都在面对、时时都在回答的命题。

某种意义上，这也是一代中国军人的使命。海口舰所在的南海舰队某驱逐舰支队，是共和国最年轻的驱逐舰支队之一。这个支队曾涌现出"上天能驾机、下海能操舰"的飞行员舰长何虎、中国海军第一位硕士舰长贾晓光、首位博士舰长范进发等时代典型。

早在1998年，贾晓光曾作为我国军事观察员，先后登上美军"汉密尔顿"号驱逐舰、"安提坦"号巡洋舰，观摩环太平洋海上演习。在"汉密尔顿"号上，贾晓光与舰长的舱室仅一墙之隔。

每天深夜，听着隔壁舰长舱室里传来的敲击笔记本电脑键盘的声音，贾晓光都夜不能寐。他注意到，"他们的军官在这么重大的

演习中,还在抓紧时间学习"。在"安提坦"号巡洋舰上,他还见到了一位大学数学教授,是来给官兵讲课的。回国之后,他逢人便讲:"高科技的确不是一句空话。"

今天,这已成为共识。海军是一个知识密集、专业复杂、技术含量大、合成程度高的军种,一艘军舰就是一座"现代化城堡",对海军官兵科技素质的要求不言而喻。

所以,海口舰之于舰员的舞台意义在于:你的视野有多宽,你的素质有多高,你的舞台就有多大。

这是邵曙光的舞台——

初到海口舰当实习舰长,邵曙光大量阅读装备教材,虚心向副舰长、部门干部和战士学习。在抓好自身学习的同时,邵曙光也不忘将自己学到的知识传授给舰员。当舰长几年,他所在舰在支队的军事比武中均拿第一,先后培养了 3 名独操合格副舰长、10 名合格值更官和部门长,以及一大批线路、管路、数据、海图好手。

这是樊继功的舞台——

2015 年初,当年去接舰的樊继功被任命为海口舰实习舰长。经过了 10 多年的锤炼,樊继功从一名军校学员成长为一名"中华神盾"实习舰长。此时,从实习舰长到舰长,他还必须经过全训考核这一关,"要完成数十个考核项目,把舰上的导弹、鱼雷十八般兵器训个遍,还需动用几十批次的潜艇飞机配合"。通过严格考核、层层闯关,樊继功率领全舰官兵用整整 9 个月的时间完成了全训,拿到了通向战场的"资格证",成为海口舰第六任舰长。

更多舰员们的舞台,写在他们的成长里,写在他们的战位上。当"中华神盾"的美名传遍世界,他们中的大多数人仍默默无闻。

打开海口舰的花名册，他们只是一个个极其普通的名字。他们很平凡，因为投入到一项伟大的事业中而变得伟大。没有一支军队的转型与跨越，就没有他们所站立的舞台。他们很清楚自己所处的大时代坐标。光荣使命引领着他们，艰巨任务考验着他们，"爱一行，钻一行，专一行"对他们不是口号，而是常态化写照。

恩格斯说："人们酷肖他的时代，远胜于酷肖他们的生身父母。"他们是面镜子，不仅映照着这个伟大时代，还折射了一代人的成长、奋斗和追求。

如果把"中华神盾"的故事比作一部传奇之书，那么，这部传奇之书无疑有着一张青春的封面。海口舰的一茬茬年轻官兵们，便是这张"青春封面"。翻开这个封面，也就翻开了"中华神盾"这部传奇之书的精彩。

◎ 2017 年 10 月 23 日，执行第 27 批护航任务期间，海口舰组织"学习十九大砺剑亚丁湾"大讨论

（一）

至今说起那场演练，樊继功仍难以释怀。

那场让樊继功一直忘不了的演练，是被誉为"中华神盾"的海口舰与有着"大洋黑洞"之誉的某型潜艇之间的对决。

双方都是王牌，一上来使出的皆是自己的杀招。让樊继功没想到的是，对手不仅成功摆脱了海口舰的跟踪，还伺机发起了鱼雷攻击……

"我讨厌那种把自己的命运交给别人主宰的感觉。"樊继功说，"倒不是怕死，而是怕辜负重托。"

事后复盘，樊继功惊出一身冷汗——原来他们使出的自以为能压制对手的所谓杀招，已经过时了。"中华神盾，威名赫赫，却因为战法过时差点败北。这就好比一把宝剑放在手里，自己却因为剑法不行，没能使出宝剑的威力。"冷静沉思后，樊继功把军官们召集起来，问自己，也问大家："未来战争的制胜之钥，我们真的找到了吗？"

英雄总是所见略同，这一次，樊继功的想法和上级领导的想法再一次不谋而合。在海口舰所在支队"战法研究室"的一次研讨会上，支队领导提出"在海上近距离对敌，必须掌握让敌人开不了第二枪的战法"，并点名由海口舰担纲新战法的研究任务。

在这个支队，"明星舰艇"云集，领导点将，是信任，更是重任。回来之后，樊继功抽调精兵强将成立"战法研究小组"，集中精力研究军事、研究战争、研究打仗。

多次召集参谋骨干开碰头会后，樊继功决定立足装备，从作战数据入手寻找战法创新突破口。

作战数据的采集和分析过程漫长而艰难。樊继功回忆，经过大半年的积累，作战数据已有相当规模。官兵们乐观地认为，只要经过分析，隐藏在这些数据中的规律马上就会跃然纸上，新战法的突破指日可待。但事实上，他们运用各种分析方法昼夜奋战，却发现这些数据所呈现的规律性并不强。

那段时间，参谋们陷入困惑："难道有什么关键变量被忽略了？"他们再次对数据进行复盘，并进行了多轮实射，不断验证各种猜想。

"最不起眼的误差，都可能影响全局。"樊继功说，经过反复演算，那项被忽视的变量终于被"揪"了出来。这个变量所产生的微弱差异，会导致舰载武器性能的变化。这个变化虽不起眼，但在复杂多变的战场环境综合作用下，会对作战效能产生干扰。

类似这样的关键节点被一个接一个地攻破。海口舰的舰员们先后对数据分析报告进行了12次修改校准，逐渐拨开了繁杂混沌的数据迷雾，抓住了战法规律的关键线索，新战法也逐渐走向成熟。

在支队作训科办公室，石亿后来向笔者展示了长达数十页的作战数据分析报告。那份报告浓缩了一年多海口舰历次的演训数据，还有官兵们大量的计算和分析成果。"有了这份报告，新战法方案就能基本成型。"石亿欣喜地说。

战法创新的"路"终于走通了，至少在理论上是可行的。但是，这套战法是否经得起实战验证？

2017年初，在远海大洋，海口舰上的警报骤响。官兵们穿过舱道，冲向自己的战位。随着一声"开火"口令下达，3个漂浮靶瞬间被击沉。实习舰长张宗堂兴奋地说："这次用新战法快速高效地实现了作战目标，根本没给'对手'喘息的时机。"

樊继功放下望远镜，深感振奋。他认为，这项战法极具实战价值，而且为其他战法创新提供了宝贵的借鉴。新战法通过了实战验证，整个支队都受到鼓舞。该支队将新战法在全支队范围内推广，进行更广泛的实战验证。

研战之风，其实早已深入海口舰官兵的"骨髓"。作为中国第一代装备相控阵雷达和垂直发射系统的国产现代化导弹驱逐舰，海口舰较过去的舰艇几乎领先一个"代差"。新装备究竟怎么训，并没有现成的路可走。

这是海口舰组建之后的第一次防核化训练。部署拉响后，舱内人员迅速穿上防化服。随后，防化专业人员拿出拖把、抹布、水桶等，对舱室内武器设备、通道、人员等进行洗消。

"我们海口舰是全封闭舰，用得着你们穿着防化服在舱内搞洗消吗？"当年，海口舰首任舰长胡伟华的这句反问，让现场官兵一个个无地自容。

"装备更新换代，训练观念、训练模式也必须跟着变。'穿新鞋走老路'，走进的是'死胡同'，走不上战斗力提升的'快车道'。"胡伟华的这番话，樊继功一直记到今天。

彻底摆脱老路子、老框框、老办法，说起来容易，但探索全新的组训模式，路在何方？没有路就蹚出一条路来。首批舰员创新训练模式，边接装边研究边探索，在摸着石头过河中，制定完善了某型驱逐舰训练大纲和全部战斗部署表，也为后续舰艇的战备训练打下了坚实的基础。

"解决了怎么训,只是万里长征的第一步。"海口舰号召大家,"作为新型战舰舰员,我们既要用血性去冲锋,更要用头脑去战斗。"

"用头脑去战斗!"十几年过去了,这句形象的号召,即便在今天仍很有前瞻价值。在海口舰你常能听见"课题组""研究""攻关"等高频词。

在这些高频词所勾勒的时光年轮中,在执行一项项重大任务的航程上,在战风斗浪的岁月罅隙里,海口舰官兵最大的乐趣是琢磨对手,最大的爱好是钻研打仗,最大的追求是战场制胜。

探索,探索,再探索。海口舰把目光盯在更高的层次上,积极探索两级指挥、三级管理模式,实现了指挥扁平化,提升了作战效能。首次护航,他们走一路、研一路、练一路,总结出破解海盗"群狼战术"、中外护航舰艇联训等20余套战法训法,为后续护航任务蹚开了路子。

创新,创新,再创新。海口舰依托创新,抬高起点,主动研究武器装备边界条件下使用、强电磁干扰下立体打击等高难科目,先后创新30余项战法训法。

"护航先锋舰",一等功、二等功……一时间,各种荣誉纷至沓来,但海口舰却始终心存恐慌,时刻不忘析战、研战。当初接舰时萦绕在首批舰员头脑中的"恐慌感",就像基因一样通过一茬茬舰员保留至今。

"营造和保持紧张感、危机感,是我们取得一项项进步的关键因素之一。"樊继功解释,海口舰的"恐慌"并不是恐惧惊慌,而是在和平年代,让全舰官兵保持激"敢战之气"、兴"研战之风"、思"胜战之问"的

压力和动力。

他们定期召开形势分析会，一次次追问："如果战争今夜打响，怎么办？""战争离我还有多远？"……

以前，舰艇出海，执行演练、护航等任务，通常会有一名支队领导，带着教练舰长、机关参谋人员随舰出海"保驾护航"，确保舰艇任务顺利完成。

"按岗履责是部队有序运转的重要前提，打起仗来，哪来那么多上级指挥员给各舰'保驾'？"在上级组织的会议上，海口舰舰长樊继功直言不讳地指出，"保驾"看似能"兜底"，但也会导致单舰指挥层级产生依赖心理和惰性思维，独立决策和临机处置能力得不到有效锤炼，一定程度上还影响了作战指挥链条的正常运转，削弱单舰整体战斗力。长此以往，层层"保驾"，必然造成能力层层弱化。

"放单"，是舰长必须迈过去的一道坎儿。对表实战的需求和部队转型建设的实际，海口舰所在的支队研究试点单舰依靠舰党委自主抓建，执行各种任务。

然而，面对风险与不确定性，谁敢当"第一个吃螃蟹"者？海口舰领导代表全舰官兵第一个站出来："我们来当！我们先试！"

经对海口舰进行综合评估考核，支队最终决定：给海口舰放单！

从此，全训考试、海上维权、战备值班、日常训练……支队不再派指挥组跟海口舰出海了。

◎ 海口舰参加多国联演任务(胡锴冰 摄)

（二）

海面波涛汹涌,海口舰破浪前行,全速驶往任务海域。

从驾驶室的舷窗望出去,操舵兵边爽能看到万里晴空与万里海疆在天边衔接,景色荡人心魄。"在海口舰,没有比这更好的视野了。"即便见惯了家乡内蒙古草原的雄阔,边爽依然觉得,海口舰的视野最为宽广。

虽然才入伍两年,但边爽幸运地参与了第27批护航任务。她跟随海口舰,经过太平洋、印度洋、大西洋,去过十几个国家。

相比其他行业的同龄人,边爽所能看到的世界已经如此广阔。

◎ 海口舰舰载小艇搭载陆战队员进行演练

◎ 海口舰舰载小艇进行高速机动

航行值班时在深舱，伴随着机器的轰鸣和大海的颠簸，柴油机班班长王东没有机会看到辽阔的海景。在狭小的舱室内，目力所及都是各式设备和管线，但他觉得自己依然看得很广很远。

那年，在一次国际搜救任务中，王东和战友们发现：对方竟然能在三级海况、舰艇航速七八节的条件下，实施吊放小艇作业。

"舰艇航行条件下，吊放小艇难以保证平衡，危险性极高。"经仔细观察，王东注意到：原来该舰在小艇首端系了一根缆绳，吊放过程中再由官兵负责牵引，巧妙地解决了小艇的平衡性问题。

外军吊放小艇的做法，很快就被海口舰吸收利用，并为后续搜救任务提供了更多可选手段。任务结束后，海口舰又第一时间将这一方法，形成报告上报上级，并很快在各水面舰艇推广。

海口舰官兵既善于"用显微镜看事情"，把任何事做完美，做到极致，也善于"用望远镜看事情"，明白做完美与做极致背后的使命之所在、价值之所在。每个人不仅在自己的战位、专业上找坐标，而且在世界舞台上找坐标。

参与某大型多国海军联合军演，海口舰和 20 多个国家的海军同台竞技，先后组织并参加数十场观摩座谈，演习内容之多，涉及官兵层级之广前所未有。参演归来，外军的闪光之处，一次又一次地出现在海口舰的总结和官兵随身的小本子上：

20 多个国家参与，号称世界上最大的联合军演，从头到尾没发过一张纸，所有文件均可从网上下载，十分快捷高效。

外军组织召开任务协调部署会,没有大量的会议文件,没有领导讲话,只有几张幻灯片,直截了当、重点突出,有什么问题,就立即解决什么问题。

外军舰艇有专门的安全部门专职负责舰艇损害管制,且损管器材布置讲究便捷和紧扣实战,并不追求美观。

如此巨大的演习,演习方案并没有想象中会是厚厚的一大本,只是薄薄的几张演习流程表,演习内容一目了然,非常便于操作……

在走向世界的深蓝航程中,海口舰每个人都在观察和思考,学习和借鉴。在世界背景下进行自我考量,他们每个人都有新发现:

从装备上来看,外军的一些装备虽然不好看,油漆很老旧,但是却非常实用,集成化程度很高……

外军制订计划非常严谨,预案设置十分充分,提出了很多假如。这些情况在演习中碰到的可能性非常小,但他们总是给自己出难题。

外军很注重情报保障上的军民兼容,大胆开发民用资源为军所用。

外军部队的条令条例具有很强的可操作性,从军人仪表到管理机制事无巨细,都规定得十分具体。在俄军的条令里,连擦皮鞋的步骤,也用条令的形式规定下来……

他们从将军到士兵,个个自信从容,爱国自尊,谈话彬

彬有礼，即使你有意去问，也很难听到他们对别国军队的
批评，永远是表扬和赞美。他们观察别人时不是把注意力
放在不如自己的地方，而是在努力寻找别人可供自己学习
借鉴的优点……

海纳百川，才能提高自强能力。与海口舰一起征战大洋，王东常
常感到，"唯有不断学习提高本领，才能匹配这艘现代化战舰舰员的身
份"。

王东特别认同航海部门的战友欧伟在一次演讲中说的话："战友
们，我们是真正的士兵，在我们的字典里没有逃避，只有面对，现在我
们要面对的并非血与火的考验，而是自身知识的欠缺。"

有什么样的视野，就有什么样的状态。

◎ 2014 年 6 月 25 日，海口舰参加多国联演任务，参演官兵在外国港口集结（于林 摄）

◎ 三级军士长、指控技师周文明(左一)在航渡过程中,对海空情目标进行收集整理、综合判情

下更后,指控技师周文明回到舱室,"啃"起新到的指控系统升级教材。当初参加接舰培训的时候,他要学的技术资料足有半米高。10多年来,指控系统经历了多次升级,他的知识体系也在不断更新。

从一名普通士兵成长为舰空导弹班班长,李卫华是许多新舰员的榜样,但鲜有人知道李卫华只有初中学历。

在李卫华的储物柜里,至今保存着一本《大学力学原理》。这本书让他打开了导弹专业的学习之门。"这是一位专家推荐我买的。刚买回来,感觉跟看'天书'一样。"他说,为了研究透这本书,他天天抱着书去向厂里的专家请教。

除了力学,李卫华还学习了软件应用、电工、英语等。"资料摞起来有1米多高",李卫华逼着自己一点点地去啃去钻,不停地去请教。

他手机里一直保存着十几个工程师的电话号码,一遇到什么问题,就会马上向他们咨询。

还在接舰的时候,张红元就展现出了不同于别人的"学习天资"。当别人还没搞清楚部件名称时,他就已经开始摸索各分机的信号流程;当别人刚弄清楚常见故障时,他已可以熟练地进行故障排除。等到试航的时候,他不仅带回了满满当当的 3 本笔记,还带回了一本自己整理出来的《雷达操作使用要点》……

如今,张红元已是海口舰情电部门雷达班长。每当别人介绍他是"学霸"时,他总是腼腆地说:"我只是爱做笔记罢了。"

不管是实兵对抗还是日常操演,张红元总是随身带个笔记本。一听到有"未曾谋面"的陌生雷达信号,他总会跑到战位去"一探究竟",一连七八个小时守在战位。除了梳理知识点和每天的工作笔记,他还喜欢研判分析每天的回波变化情况,推断出该目标在近飞过程中,可能采取的战术样式,并结合任务背景提出作战建议。

"不断学习,不仅是对自己、对海口舰负责,也是在跟世界海军同行赛跑。"当所有舰员达成这样的共识,这群年轻人爆发出来的能量是难以想象的。

虽然"半人高的柴油机使用手册早就烂熟于心了",但王东和战友们依然日夜在高温、高湿、高噪音的机舱内值更,仔细检查机舱内的每一个角落、每一个机器部件。

这位老兵的"战场"是军舰柴油机场,"作战对象"是轰鸣的柴油机,"武器"则是扳手等维修工具。与柴油机日夜相伴,王东练就了听音定位的绝活,即通过听机器运转的声音来判断柴油机是否运转正常,以便

确定故障所在。

恶劣环境下，靠着过硬的技术和强烈的责任心，王东和他的班组创造了海军同类型巡航柴油机超期使用新纪录。

在海口舰，像周文明、李卫华、张红元、王东这样肯钻研、善于钻研的骨干还有很多。他们被称为"解锁人"，用智慧解锁海口舰的一项项功能。

刚到海口舰时，19 岁的李明是一名雷达兵，因对枪炮机械感兴趣，李明鼓起勇气申请转到主炮班。一年半后，李明担任主炮班班长。

刚任班长时，一次主炮出现故障，李明没能查出原因，最后请来了船厂的工程师解难。李明说，这对他的打击很大，从那以后他开始拼命学习。

2015 年，一次对岸实弹射击演练中，主炮抽筒装置启动开关扭簧断裂，射击被迫停止，按照正常操作流程，需要一定时间才可以恢复。

"真上了战场，敌人会等你吗？"随舰指挥员的反问，让李明在脑海里快速寻找解决方案。随后，李明找到女兵借了几个橡皮筋缠在一起，套在启动开关上。

面对大家的疑问，李明拿出工作中积累的数据笔记，图表一列、数字一摆：足够数量的橡皮筋可以满足应急使用需要。在自制橡皮筋扭簧作用下，药筒抽出装置顺利完成了一次往复循环。

李明"解锁"的故事远不止这一桩。海口舰第一次返厂修理时，他每天都"铆"在主炮战位，低头捣鼓着装备。原来，李明在平常出海战备执勤、训练保养时发现：主炮的一个电器开关在机电集控室附近，严重影响了主炮备便（指准备完毕）速度。

能不能把开关设置在战位附近？在战位旁的舰用变压器上，李明巧妙地设置了一个电器开关，不仅解决了问题，还起到了单相电漏电保护作用，可谓一举两得。这个小改进，将主炮突击准备时间大大缩短，让前来调研的科研人员纷纷点赞，并成为后续舰艇设计改良中的一个亮点。

这样的"解锁人"在海口舰不胜枚举：

副炮是对空防御的最后一道防线，它的抗击效能越大，就意味着舰艇的生存率越高。副炮指挥仪班长朱举彬经过上百次试验，创新采用某型雷达给副炮下达目指，使副炮抗击效能提高了50%。

燃机技师周帅，是首批舰员中在国外接受过系统培训的"兵专家"，他提出的9项装备改进措施和3项创新发明被厂家院所采纳，并

◎ 全军爱军精武标兵、二级军士长周帅（右），在燃机舱指导战士张凯泽（左）监测重点部位参数变化

在海军同类型舰艇中推广。

舰空导弹分队长胡慧在深入分析导弹系统原理的基础上,对导弹作战流程进行重新优化,提升了某型导弹系统的反应速度……

正是因为海口舰官兵能创新、善于创新,某总体设计所每年都要组织专家到海口舰调研,听取官兵对装备设计改进的意见。不少厂家、研究所还在支队建立联系点,及时听取海口舰业务骨干对相关设备的意见。

那年,国产万吨级驱逐舰还在图纸设计阶段,有关部门就组织各个专业的专家专门来到海口舰调研。近两年来,海口舰给科研院所提出的有效建议达数百条。

随着舰上的技术人才越来越多、本领越来越过硬,海口舰如今已具备相对独立的装备维修能力,远航还要带技术工人的现象成为历史。

（三）

中国海军南海舰队远海训练编队主炮射击课目演练现场,海口舰首发命中。

某驱逐舰支队副参谋长李辉坐在驾驶室,放下望远镜,忘情地鼓掌——眼前这一幕,多么熟悉。

3年前,他结束了海口舰第四任舰长的任职。这一次,他再随海口舰远航,发现一切似乎都没变,明星战舰气质依旧。

明星战舰气质依旧,是因为一群年轻人拼搏依旧。李辉比谁都清楚,海口舰的成长,其实是一群年轻人的成长。

在海口舰的奋进史册里，这群年轻人无疑是最精彩的篇章之一。

入夜，战舰高挂"满灯"，晶莹璀璨的灯光勾勒出战舰威武的轮廓。码头边水兵主题公园，更是经过一番精心布置：有绚丽的舞台和大屏幕，有铺上红地毯的"星光大道"……

海军南海舰队某驱逐舰支队首届"十佳战斗队员"颁奖典礼隆重举行。激动人心的颁奖典礼在战斗警报声中拉开序幕，超大电子屏幕上出现战舰出航、导弹攻击的壮阔场景。雄壮的《红旗颂》背景音乐响起，追光灯和焰火照亮了"星光大道"，在官兵的欢呼声中，海口舰燃气轮机技师周帅走上了领奖台。

颁奖词显示：周帅立足本职岗位苦练专业技术，翻破了100多本专业书，练就了一手绝活，被舰队评为"技术能手"，荣获"全军优秀士官人才奖"一等奖。

听着台下热烈的掌声，望着台下齐刷刷看向他的钦佩的目光，周帅说："海口舰是自己实现人生价值的最佳舞台。"

海口舰的舞台到底有多大？

首任舰长胡伟华曾说："没有什么不可能，没有什么做不到，海口舰就是要创造奇迹的。"一直追求创造奇迹的海口舰，不断为舰员们搭建成长成才的广阔舞台。

新一轮的全训考核在即，而经验丰富的海口舰反潜长黄磊由于工作调整不在位。"接舰之初，我们也都是两眼一抹黑，但通过学习摸索，不是也都成为各种专业人才了吗？"党委会上，樊继功说，"给年轻人压任务，就是给平台、给锻炼成才的机会。"

就这样，刚上任没多久的副反潜长朱金涛获得了这次难得的机

会——第一次独立指挥搜攻潜作战。

重大任务陡然压来,准备时间不足一个月,朱金涛感到压力巨大。那段时间,他没日没夜地查资料、推方案,不停地向老技师请教。在正式考核中,朱金涛和战友们协力配合,仅用考核时限的一半时间,就锁定了"敌"潜艇,并成功发射鱼雷"击毁"目标。

从此,海口舰又多了一位成熟的反潜作战指挥员。

在大风大浪中摔打是人才加速成长的必由之路。

那年,接到抗击某新型导弹的任务后,海口舰党委将这一重任压在了时任对空作战长陈俊锋的肩头。

陈俊锋非常珍惜这次练兵机会。他带领战友仔细研究,基本掌握了靶弹弹道各阶段的特点,预想了所有可能出现的抗击情况,制订了在不同弹道段拦截靶弹的各种方案。

为让防空导弹精准命中目标,对空导弹区队的舰员不断模拟真实战场环境,锤炼稳定跟踪导弹的能力。

演习当天,经过一番艰难的摸索,雷达技师刘奇兴终于锁定目标。听到"发射"的命令,导弹区队长李卫华果断按下发射按钮,两枚防空导弹呼啸而出,直扑目标而去……

"拦截成功!"消息传来,官兵纷纷击掌相庆。在这次任务中,对空作战部门的舰员们得到全方位的锤炼,涌现出一批优秀人才。

按照战舰的服役年限计算,海口舰正值朝气蓬勃的青年时期。在海口舰耀眼的成绩单背后,是一个同样耀眼的青春方阵。

翻开海口舰的荣誉册,这些年来,海口舰先后有10余名官兵在海军比武中夺得金牌,200多人次在战区海军、支队组织的比武竞赛中摘金夺银，涌现出全国"五四"青年奖章获得者、海军"十杰"青年邹福全等一批优秀人才。

还有一项荣誉并没有记在荣誉册里，但被海口舰视为最大荣耀——从这里成长出来的年轻人，越来越受到其他单位的青睐。

四级军士长梅玲珑是周文明带出来的最优秀的指控兵，可是前不久，一纸调令，梅玲珑被任命为另一艘战舰的指控技师；副炮分队长郭学辉是海口舰上新近成长起来的部门指挥员，在不久前调到昆明舰，担任对空作战长……

像这样的人才流动，在海口舰早已成为常态。常年在海军采访的笔者，也经常在其他驱逐舰、护卫舰上发现原海口舰舰员的身影。这些年，海口舰许多官兵被遴选推荐到航母部队及其他舰担任班长、战位长、部门长、副舰长。

"随着海军转型加速推进，新型舰艇快速入列，支队新添了一批批更先进的新锐舰艇。"海军南海舰队某驱逐舰支队政委胡姣明说，"海口舰成为支队的'种子舰'，从这里走出 240 多名优秀骨干，输送给各级机关和其他舰艇。"

海口舰时任政委邹琰告诉笔者，早在部队组建之初，海口舰党委就提出建设"种子型部队"、培养"种子型人才"的口号。

为了加速"种子型人才"的孵化，海口舰努力营造宽松的成才环境。没有专门的人才培养时间，人才在任务中接茬成长。没有专门的教育时间，精神在任务中接力传承。

海口舰原舰员王旭东只有初中文化，但特别爱钻研。接舰之初，他经常钻研各种资料、拆卸学习装备到深夜，也因此很多次错过起床

时间。

虽然有人质疑王旭东不遵守作息规定,但首任舰长胡伟华却选择包容,继续支持他按照自己的节奏钻研专业。很快,王旭东成为海口舰的"装备通",海口舰党委也大胆任命他为分队长。

"种子型人才"的带动效应有多大?王旭东的帮带效果最能说明问题。在他的指导下,主炮兵李明迅速成长起来,成为主炮班长。

李明继承了王旭东爱钻研的劲头。晚上睡觉,他偶尔会突然惊醒,并迅速爬起来铺开主炮的图纸。直到把脑海中的疑问琢磨透了,他才重新睡下。如今,我们已经知道了不少李明的故事。在后面的章节里,他还有更为精彩的亮相。总之,相比于师傅王旭东,他已经青出于蓝而胜于蓝。

一粒"种子"的成长,不仅需要培育的周期,还需要科学的链条。

◎ 阅读学习在海口舰蔚然成风

舰长樊继功是在海口舰成长起来的指挥人才。在成为合格舰长的过程中,他先后通过了8次重大考核,并在多个岗位历练了15年左右。前不久,樊继功帮带的实习舰长单东晖,在舰长考核中取得优异成绩。

樊继功知道,这样成熟的指挥人才很可能会输出到其他单位任职。他对笔者说:"海口舰的人才培养模式,只是海军人才培养的一个缩影,海口舰的人才更是全海军的人才。"

回望一道道深蓝航迹,是一个个种子舰员,铸就了海口舰"中华神盾"的威名;瞩望明天,随着更多种子舰员的成长,更多像海口舰一样的"中华神盾"正在快速形成战斗力,必将在远海大洋留下更多深蓝航迹。

》》第七章
"带刀侍卫"出手不凡

海口舰,不仅是护航编队中的一个熟悉身影,它还是航母编队中的一个熟悉身影。

公元 2016 年 12 月 25 日清晨,由辽宁舰及属舰组成的中国航母编队首次穿越宫古海峡进入西太平洋。

◎ 航母编队在宫古海峡航行(莫小亮 摄)

这一天,距离辽宁舰正式入列4年零3个月。

消息一出,迅速"霸占"各媒体头条。随航母一起"刷屏"的还有一张"老面孔"——海口舰。照片中,海口舰在辽宁舰左前方紧紧伴随,其余数艘驱护舰分列辽宁舰四周。继"中华神盾"之后,海口舰又从军迷们那里得到一个更响亮的称号——航母"带刀侍卫"。

"中华神盾"的"盾"有多坚固?"带刀侍卫"的"刀"有多锋利?

这,曾是悬在很多网友们心中的谜底,也是很多军事发烧友们孜孜不倦讨论的话题。

自从在江南造船厂的船坞里首次露出真容以来,发烧友们热切地推测"中华神盾"的参数,"中华神盾"也始终是他们的骄傲谈资和欣赏对象。

然而,对于直接驾驭"中华神盾"的海口舰官兵来说:那些神秘的参数不值得炫耀,参数只是他们与"中华神盾"之间的交流暗语。作为"中华神盾"的天然伙伴,他们早已将自己的精气神,锤炼熔铸成一艘战舰的灵魂。

"军事领域,表面上使人感兴趣的是层出不穷的新式武器和激荡人心的突发事件,实际上人才是最有魅力、最值得表现的对象。"正如一位军事学者所说,是海口舰官兵——这群出色的中国海军军人,让"中华神盾"一次次焕发雄姿、"带刀侍卫"展现威力。

"中华神盾"的光芒是他们拼杀出来的,"带刀侍卫"的故事自然也应该由他们讲述。

2018 年 7 月 30 日,在人民大会堂举行的海口舰事迹报告会上,尽管海军某驱逐舰支队政委胡姣明字斟句酌、惜字如金,但人们还是从他不动声色的讲述中了解到如下"让人热血沸腾、为之一振"的事实——

"2016 年 12 月,航母编队出岛链训练,数十批外军舰机对我跟踪监视、轮番挑衅,一会电磁干扰,一会抵近侦察。海口舰等数艘战舰奉命前出,与其当面交锋。编队航行一路、斗争一路,在挑战中越走越远、越战越强……"

"海口舰尽管在同批舰艇中组建最晚,但形成战斗力最快,首次参加实弹演习,就用副炮成功击落来袭靶弹。入列后,很快就成为支队的'标杆舰'。"

"海口舰不断用复杂环境砥砺胜战'刀锋',挖掘武器装备最大潜能,先后形成近距反击、防空抗导等 30 多项战法,12 项被海军推广,实现了多项海军历史性突破。"

宝剑锋从磨砺出。一次次淬火锤打,才能百炼成钢、力敌千钧;一遍遍血汗磨砺,才能剑锋所指、所向披靡。从"中华神盾"到"带刀侍卫"的进化征途上,海口舰的每一位官兵都是勇敢的先行者、开拓者。

那天,在演讲快要结束的时候,胡姣明披露了海口舰的又一个"成绩单"。这也是公开报道中,关于这位航母"带刀侍卫"战斗力的最新一个镜头——

2017年初,在一次舰机联合反潜演练中,海口舰率先捕捉战机,发出致命一击,成功将对方潜艇"击沉"海底。这漂亮一击,实现了支队对潜作战的新突破,打出了先锋战舰的赫赫威风!

反潜作战是世界性难题,每一项突破都很艰难。海口舰用实打实的行动,交出了自己的答卷。

打赢,永远是军人最高的荣誉和最大的奉献。那天,站在海口舰的甲板上,望着南海海面上翻涌的浪涛,对海部门刘斌斌写了一首《致大海》的诗,诗句间洋溢着从未有过的自信和自豪:

> 如果我搭载中国的宇宙飞船在太空中看你
>
> 你那蓝色的躯体
>
> 怕是连我的眼睛也不能占据
>
> 如果我乘坐中国的航空母舰在你的脊背航行
>
> 你那暴怒的脾气
>
> 又能掀起多大的惊涛骇浪……

让我们透过这自豪的诗行,去感受"中华神盾"新的脉动,去谛听"带刀侍卫"新的传奇。

◎ 航母编队中的"带刀侍卫"海口舰

（一）

航母"带刀侍卫"的"刀"究竟有多锋利？"刀法"究竟有多精？

面对笔者的提问，海口舰舰空导弹区队长李卫华并没有正面回答，而是拿出一块巴掌大小的破片，向笔者骄傲地说："这是我压箱底的宝贝。"

仔细端详这块不起眼的破片，上面写有"20××年××月××日，抗击××导弹"黑色字样，笔者看不出其中的"珍贵"之处。

李卫华说，这是海口舰舰空导弹发射时散落在甲板上的碎片，之所以视之为"宝贝"并收藏，就是为了纪念那次"不可能完成的任务"。

一切，都还要从李卫华永远也忘不了的那幅画面说起。

那年盛夏,海军组织实兵实弹对抗演习,命令海口舰拦截某新型导弹。

该导弹飞行速度快、隐身性能好,素有"航母杀手"之称,抗击难度极大。抗击这种弹道极为复杂的超高速导弹,是世界性难题。

海口舰能赢吗?这个问号始终压在海口舰官兵的心头。一些科研院所的专家,也不看好这次拦截任务。

似乎看出了大家的疑虑,舰长樊继功说:"我们海口舰,没有完成不了的任务,没有战胜不了的对手!"

一番话,说得李卫华热血沸腾。其实,他何尝不是这么想,执掌着海口舰区域防空的"利刃",没有谁比他更渴望战胜这个"强敌"。

"海口舰必须赢!"李卫华横下一条心,顶着压力跑到舰长面前,立下军令状。他不仅要打下超音速导弹,还要打碎一切对海口舰战斗力的怀疑。

摆在海口舰官兵面前的第一个"拦路虎"就是靶弹复杂的弹道。他们集智攻关,预想了所有可能出现的抗击情况,制订了在不同弹道段拦截靶弹的各种方案。

但这只是第一步。因为要让防空导弹精准命中目标,还需舰载雷达对来袭导弹稳定跟踪。经过一番艰难的摸索,雷达战位终于找到了死死"盯"住来袭导弹的要领。

在雷达技师刘奇兴看来,这不是海口舰第一次抗击导弹了,但没有哪次抗击如此吸引眼球,也没有哪次抗击如此令海口舰官兵心跳加速。

一个十来平方米的舱室内,几个台位上荧屏闪烁,雷达操作手目不转睛地注视着屏幕,在一片看似凌乱的光点中紧紧盯住呼啸而来的导弹。相比起操作手,刘奇兴却显得尤为淡定。他站在他们身后,时不时提醒一两句,一副成竹在胸的样子。

面对飞行的导弹,谁也不敢保证海口舰的雷达能万无一失,刘奇兴何来底气？其实,刘奇兴并非天生"大心脏",用他自己的话说,自己也有把心提到嗓子眼的时候。

那还是海口舰首次实际抗击导弹的时候,担任雷达操作手的刘奇兴坐在战位上,双眼死死盯着屏幕,尽量减少着眨眼的次数,生怕疏忽了屏幕上一丁点变化。那是他第一次独立面对真实的导弹。然而,由于缺乏经验,来袭导弹的一次机动竟然从他眼皮底下溜走了。海口舰因此错过了对第一枚靶弹的最佳反应时机。好在他在后续的抗击中顶住了压力,顺利地完成了对靶弹的捕获、跟踪,并及时为舰空导弹系统提供了目标参数。海口舰发射的首枚舰空导弹在雷达引导下,成功将靶弹击毁。刘奇兴至今还记得当时的感受："一场大战下来,就像坐过山车,心都快跳出来了！"

首次抗击导弹过程中的教训,成了刘奇兴不断提升自己的动力。后来的日子里,刘奇兴为了掌握雷达捕捉不同目标的特点,提高自己的操作水平,利用参加各项任务的机会,操纵雷达对各种类型的导弹、飞机进行跟踪。大量的实际观测不仅让刘奇兴积累了丰富的雷达操作经验,也积累了他对"中华神盾"和自己的信心。

备战在发现和解决问题中悄然推进,李卫华对胜利的信心也越来越足。整个舰空导弹系统就像一支被精心保养过的猎枪,李卫华端着它,等待着那只最凶猛的"猎物"到来。

◎ 2010年7月26日，海口舰参加实弹演习，发射舰空导弹拦截来袭目标

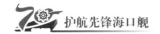
决战的那一天终于来了。海口舰进入了战斗航向,舰空导弹发射控制室内,突然陷入了不同寻常的寂静。厂家、院所的工程师和上级领导都屏住了呼吸,紧张地期盼着"中华神盾"利刃出鞘。

战斗如期打响,体形庞大的导弹呼啸而来,迅速逼近海口舰方向。雷达战位报告:"方位××,距离××,发现高速目标来袭!"樊继功迅速下达一系列指令:"保持跟踪。""舰空导弹抗击来袭目标。"……全舰闻令而动、密切协同。

此时,李卫华戴着耳机坐在战位上,仿佛忘记了周围的一切,眼中、心中只有那枚抵近的导弹。目标进入舰空导弹射程后,李卫华果断按下发射按钮。发射井内腾起烈焰,导弹呼啸而出,在空中顺利点火,直插云天而去。

1秒、2秒、3秒……"导弹截获!""目标减速下坠!""目标空中解体!"靶弹被成功摧毁! 消息传来,全舰官兵欢呼雀跃、掌声雷动,在场的一位将军竖起大拇指说:"海口舰,打得漂亮!"

此时,李卫华忽然觉得背后一阵冰凉。他这才意识到自己一直紧绷着,汗水早已浸透了衣服。

(二)

除了成功拦截抗击某新型导弹,在南海举行的那场重大演习任务中,海口舰还打了一个漂亮仗。直到今天,这件事还一直被官兵们津津乐道。

这个故事的主角是主炮班长兼技师李明。和李卫华一样,他手中的那把"利刃"也写下了海口舰破纪录的"第一次"：在某次演习中改写海军某型舰炮射击纪录。

演习那天，海口舰和另外两艘舰艇参与主炮补充打击受伤靶船课目演练。海口舰第一波次的射击，准确命中目标。按计划，海口舰预定射击后与编队同时撤出战斗。

突然，导演部发来临时命令，要求海口舰使用主炮击沉靶船。

"有没有把握？"舰长来到战位询问李明。"没问题！"李明回答得很干脆。

舰长离开后，一旁的战友嘀咕了一句：事还没干，就把牛皮吹了出去。言下之意，吹牛也不挑个时候。

李明瞪了一眼，没说话。没有底气的打包票才叫吹牛，有把握的承诺是自信。李明对自己的老伙计主炮太了解了，可以说，主炮的每一个零件长啥样、脾气如何，都深深地烙在了他的脑海里。他改造主炮供电系统，使主炮攻击时间大大缩短；在一次远洋实弹射击中，主炮突遇故障，他在缺乏配件的情况下，居然用一个常用的物件将故障排除……

随后，在舰长的命令下，他们更换装填方式，调整引信分划，重新开始射击。平静的海面上再次硝烟四起。李明掌控的主炮在连续发射多发炮弹后，将靶船击沉。望着缓缓下沉的靶船，海口舰一片欢腾。

堆得像小山一样的炮弹壳，不仅见证了一项纪录的诞生，更是见证了海口舰官兵向极限要战斗力的本领。

2014 年夏天，太平洋某海域，铁甲列阵，战舰云集。海口舰迎来又一个扬名时刻。

◎ 海口舰主炮对海射击

那一次,海口舰代表中国海军第一次参加多国海军联合演习,与22个国家的49艘战舰同台竞技。

此项演习的历届重头戏,是组织对固定经纬度点的精度射击。

"这种射击方式对航行操纵、作战指挥、火炮运用等协同要求特别高。"对海作战长蔺虎源说,"一个步骤没有协同好,一个要素没有计算好,一个指令没有执行好,都会影响射击精度。"

这是海口舰首次参加对指定经纬度点精度射击。

依托创新骨干,海口舰时任舰长晏鹏立即组建攻关小组,从射击理论、雷达与舰炮性能、主炮射击性能等方面逐项分析研究。

主炮班长李明带领班员对全炮的传感器、液压油管、机械部位进行逐项排查;主炮指挥仪班长皇甫晓伟负责检查火控设备的通信线路及电子板块,系统进行星体校对,反复调试系统精度;主炮分队长李铿与雷达、指控、航海等部门长一同研究制定了对海射击方案……最终，他们找出了规律，找到了突破口。

好戏上场了！当地时间 7 月 10 日上午，由美国海军"罗亚尔港"号巡洋舰在演习海区布设两个被美军称为"番茄杀手"的橘红色充气浮标靶。

海口舰高速航行，向任务海域机动，与其他 5 个国家舰艇组成特混编队，展开火炮射击。海口舰各战位密切协同，向靶标发射 3 发炮弹，2 发直接命中。

演习总结会上，情电部门时任助理工程师黄武超担任翻译。他清晰记得，美国海军"皇家港"号舰长埃里克·维勒曼上校对他说："这是我第一次与中国海军共同训练。中国海军非常专业，在各种演习课目中反应迅速、准确。就我目前观察而言，中国海军是非常专业的海军。"

（三）

"中华神盾"海口舰的"剑法"不是一日练成的。搜索《解放军报》数据库，从一篇篇并不引人注目的或长或短的消息中，我们可以看到这位航母"带刀侍卫"战斗力的成长轨迹。

这是相隔 10 年的两场对抗演练，由此我们或可管窥到海口舰一次次出手不凡的秘密。

2007 年，海口舰入列进入第三个年头。《解放军报》在这一年 1 月 29 日的三版头条发表了一篇通讯。单看题目，就很吸引眼球：《博士硕士舰长演绎"龙虎斗"》。说的是中国海军两位新型主战舰艇的

高学历舰长,在南海深处进行的"红蓝"对抗演练中一决高下的故事。

故事的主角,一个是"红军"指挥员、兰州舰博士舰长范进发,另一个是"蓝军"指挥员、海口舰硕士舰长胡伟华。

正值隆冬时节,南海某海域波诡云谲。猎猎海风中,中国海军最新型主战舰艇之间的对抗演练悄然展开。

兰州舰作战室里,荧屏闪烁,各种信息不断地传入。"发现目标!目标批号×××。"情报电子战部门长突然向舰长范进发报告。大雾中,兰州舰通过雷达搜索,率先锁定对方,并快速向目标运动,寻机进攻。

现代战场,谁先发现对手,谁就拥有了制胜的先机。"导弹攻击,打击目标×××!""准备导弹攻击!"目标刚进入有效攻击范围,范进发果断下达了作战命令。

舰舰导弹喷火吐焰,直扑目标。数分钟后,打击效果测控部位传来消息:由于"敌"舰采取有效干扰,导弹击中假目标。

目标没有命中,便意味着自己在对方面前暴露无遗,如果不能有效防御,随时可能被"吃掉"。此时,空气似乎凝固了,急促的键盘声让人心跳加速。

海战态势变化多端,战机稍纵即逝,过去打仗用日计算,现在论秒。范进发说:"从发现目标到下达作战命令,一次海战有时10秒钟内就能见分晓。"

"发现空中来袭目标!"在兰州舰还没来得及实施第二轮攻击时,2枚来自海口舰上的导弹分别从不同方向袭来。

"向右转向,左舷发射干扰弹!"面对来势汹汹的"敌"导弹,范进发冷静施令。"嘭、嘭",一个箔条云在战舰一侧迅速生成。同时,兰州

◎ 海口舰在某海域参加实弹演习，发射反舰导弹

舰立刻改变航向。"敌"导弹迷失方向，朝假目标奔去。

一波方平，一波又起。"蓝军"见"红军"绝处逢生，接着发射2枚导弹。

"副炮注意，目标右舷××度，高度××，抗击！"短短十几秒时间内，密集阵"织"出了一个空中火力网，将来袭导弹一举击落。

4小时的演练，在不知不觉间结束。监督组判定：双方势均力敌。

棋逢对手才有味。如果说，10年前的这场杀得难解难分的对抗，还只是一场没有失败、只有胜利的对决。那么，10年之后的这场对抗，海口舰则取得了无可争议的"完胜"。这一次故事的主角，由首任舰长胡伟华变成了第六任舰长樊继功。巧合的是，樊继功正是胡伟华接舰时带过的部门长。

"接上级通报，某海域发现'敌'潜艇活动，命你舰前出搜攻潜。"

169

2017年年初,海军远海训练编队在南海进行了一场舰机联合反潜演练。接到命令,海口舰立即奔赴目标海域。

反潜,是世界海军三大难题之一,也是水面舰艇必过的一道生死考题。这次的对手更不简单,号称"大洋黑洞"。

茫茫大洋,"敌"潜艇像幽灵一样在海底游荡。数小时搜索无果,海口舰作战室内气氛愈加沉闷、压抑。夜幕降临,海面上风高浪急,这给舰艇被动搜索增加了不少难度,这样的海况下搜索潜艇无疑是"大海捞针"。思虑再三,舰长樊继功决定主动出击。

此时,海口舰并非孤军奋战。导演部依据战场态势,命令某型军机紧急起飞。还未到潜艇活动海区,该机就与海口舰组网建链。舰机协同,织下一张"猎鲨"大网。

突然,海口舰声呐战位听到一个微弱的回声,声呐班班长牛永群判定这很可能就是潜艇,马上把光标压上去跟踪。

◎ 海口舰发射鱼雷(李章龙 摄)

"出现回波的时候我非常兴奋!"牛永群激动地说。他综合判定那个微弱的回波就是"敌"潜艇。随后,他和战友们一起根据"敌"我运动态势,建立起一幅相对运动的态势图,牢牢"网"住了对手。

"方位×××,高度×××,左舷2枚鱼雷发射!"随即,海口舰发射鱼雷对"敌"潜艇发起攻击。演练结束,导演部通报:海口舰鱼雷攻击有效,蓝方潜艇遭"重创"。

此役,海口舰超越以往单依靠舰载直升机反潜的模式,积极与航空兵部队进行组网建链、交叉定位、引导攻击等科目训练,多层次的海上联合搜攻潜战法已基本成型。

从首任舰长到第六任舰长,十年接力,十年磨一剑。这样的砺剑故事,在海口舰数不胜数。

翻阅海口舰的实战化训练记录不难发现,该舰不仅参加大项演习演训任务多,而且经常在边界条件、极限条件下取得令人羡慕的成绩。正如樊继功所言,海口舰"横刀立马"的本事,靠的不是短程冲刺的"爆发力",而是日积月累的"持久力"。

(四)

2014年的春节,爆竹声响彻神州大地,海口舰再一次战斗在大洋上。

穿海峡,跨赤道……海口舰跟随南海舰队远海训练编队一路南下。除夕这天,海口舰已航行在印度洋的惊涛骇浪之中。除夕夜,他们在南半球用演练的形式向祖国敬礼。

"战斗警报!"当地时间16时许,海口舰响起警铃,一场海上实兵

对抗演练按计划如期展开。强电磁干扰、超低空目标来袭……蓝方发挥电子战优势,企图将海口舰困在电磁罗网中。海口舰指挥室里一片静悄悄,传入耳中的只有嗒嗒的键盘声。时任舰长李辉指挥若定,舰员们很快判明干扰源的种类和性质,采取反干扰应对措施,重新锁定目标并实施导弹攻击……

2014年2月6日,《解放军报》刊发的一篇报道称:"从1月20日起,由长白山舰、海口舰和武汉舰及3架直升机、一艘气垫艇组成的编队在印度洋、太平洋海域连续进行实兵对抗,掀起了中国海军新年度训练的第一个高潮。"

"与我刚入伍时的导弹射程相比,今天我们的远程突击能力增强了。"海口舰情电长肖帆回忆说,几年前演习时要派"哨舰"前出侦察,而现在情况完全不同了。

中国海军编队同时跨越两大洋砺兵,引起世界关注。外电评论:"此次远海训练,进一步检验了中国海军跨海区、跨兵种联合作战能力。"

砺剑深蓝,久久为功;练兵备战,驰而不息。

在海口舰的作战室里,一本《某型舰艇战法训法手册》曾引起《解放军报》记者的注意:手册上列有反潜作战、单舰防空等数十项高难度、高强度科目和战法演练课题。

"未来仗怎么打,今天兵就怎么练;哪些招法管用,就练哪些招法。"李辉是海口舰第四任舰长,一直在南海舰队服役,执行过战备巡逻等多项重大任务,对南海的每一片海区,都了如指掌。他告诉《解放军报》记者,每次组织实战化训练,他们都把高难度战法训法作为主打科目,并不断加以充实、完善和创新。

◎ 海口舰发射干扰弹（王栋 摄）

"西南方海域发现潜艇活动,令你舰前出反潜搜索!"2012年初,与潜艇鏖战数天的某支队2艘舰艇频频失手,导调组决定,让海口舰加盟"猎鲨"行动。仅交手三个回合,海口舰就运用官兵自创的推算法,成功将潜艇锁定。

除了胜利一无所求,为了胜利一无所惜。横戈大洋十余载,海口舰官兵追求胜利的冲锋从未停歇。紧盯强敌,紧盯未来战场,他们磨砺了最利的锋刃,练就了最好的剑法。

5:2,这是又一场围猎之战。

红方拥有5艘新型护卫舰,他们围猎的对象是海口舰和长沙舰组成的蓝方编队。

浩瀚的大海上,红蓝双方都保持电磁静默。"未来战争,发现即摧

毁。谁沉不住气,谁就会暴露自己。"舰长樊继功盯着面前态势图,平静的眼神看不出任何波澜。

10 分钟、20 分钟……海口舰像猎豹一样静静地潜伏,专待对方露出破绽。

一艘红方舰艇终于沉不住气,打开雷达,展开搜索。

"对方终于露出了狐狸尾巴!"锁定雷达开机的方向,海口舰迅速对目标进行定位。

导演部裁定:"攻击有效,红方 3 艘舰艇受重创。"

"不可能,这根本不可能。"原本以为胜券在握的对方指挥员连连惊呼。

变不可能为可能的背后,是海口舰抬高训练门槛、逼近极限练兵的不懈追求。

这样的局面,海口舰已不是第一次遇到了。从下水那天起,一群有着理想主义情结的海军军人,便和它一起一次次航行在"无人区"。这是一群探路的人,他们以一次次"第一"和"首次",来命名和定义他们的航迹。

海口舰再一次创造了纪录。

>>> 第八章
"深蓝利剑"锋从何来

2017 年 3 月 15 日,对于樊继功来说,是一个难忘的日子。

那一天,"深蓝之剑"授剑仪式在海口舰所在支队的教练室举行。包括樊继功在内的 13 名全训合格舰长、政委依次从支队政委手中接过"深蓝之剑"。

那一刻,樊继功目光如炬,用右手将"深蓝之剑"举于胸前,面向军旗庄重宣誓:"聚气凝魂,忠烈断金,练胆砺性,誓必打赢,剑指深蓝,舍我其谁。"

这把用花纹钢打造的"深蓝之剑"并不长,誓言也只有短短 24 个字,此刻于樊继功而言却有千钧重:这不仅是有形"深蓝之剑"的颁授,也是无形精神利剑的传承,更是打造所向披靡"深蓝利剑"的期望重托。

一年多之后,这位海口舰舰长在人民大会堂的报告席上,再一次与首都各界群众分享了这终生难忘的一幕。他说:"这是一把使命之剑,鞭策着我们铭记责任、听令出征;这是一把荣誉之剑,激励着我们驾驭战舰、建功大洋;这更是一把军魂之剑,凝聚着我们对党

和人民的热血忠诚。"

这曾是不少人心中的谜团:海口舰这柄"深蓝利剑"锋从何来?

答案,其实就是樊继功此刻的这番肺腑之言。

答案,还写在海口舰所在支队营区的主干道上:"不怕狂风恶浪,不怕流血牺牲,不怕任何敌人!"

那天,在这排醒目的红色大字的注视下,笔者跟随樊继功来到支队的军史馆。唯一参加过这两次海战的,就是这个驱逐舰支队的前身——南海舰队护卫舰第一大队。

这段历史,或许就是流淌在海口舰血脉里"第一"基因的源头。在海口舰上,很容易听到"不可能"的故事,听到很多有关创造纪录的"第一次"。

"第一次"意味着开拓,也意味着风险,更意味着成长。每执行一次重大任务,战斗精神就得到一次升华,每组织一次演练行动,就增强几分军人的血性。

海口舰的血性,就是用众多的"第一次"铸就的。从组建那天起,"当先锋""打头阵""争一流"就已经成为战斗誓言,深深烙印在海口舰官兵的心中。

说到执行过的任务,海口舰的官兵每人都有一大堆故事。而这些故事,除了"第一",还有一个共同的关键词——"圆满"。

海口舰的成长之路,的确让人惊叹。但其背后,却遵循着一个朴素的道理:踏实、放心。

说来很容易理解:"当一个人不断地零失误完成每一个交给他的任务,交给他的任务便会越来越多,有重大任务就会首先想到他,自然他的机会也便越来越多。"

这是海口舰政委邹琰给笔者打的一个形象的比喻。这位15年前对前去接海口舰的大学同学"一脸羡慕嫉妒恨"的海军上校,说起话来语速极快,逻辑咬合齿轮严密,快速转动,信息密度极大。以至于让笔者产生这样的错觉:眼前的这位海口舰政委,倘若换一个场合,应该是一位出色的"脱口秀"主持人。虽然到海口舰的任职时间并不长,但他对海口舰的故事如数家珍。

2018年5月23日,在海口舰的会议室里,笔者曾采访邹琰两个多小时。在为海口舰的一个个精彩故事喝彩的同时,笔者也忍不住为眼前的这位政委点赞。在采访本上,笔者快速记下对这位政委的第一印象:"这是一位视野开阔的军人,善于提炼,也善于从大时代汲取成长力量,复盘成长路径,探寻成长答案。"

访谈中,笔者突然问一个问题:"如果让你用一个关键词形容海口舰,你会选择哪一个词?"

没想到这位思维敏捷的军人却停下了话语,陷入了沉思。过了好一会儿,他字斟句酌,又若有所思,似乎在回答笔者,仿佛又在自言自语。

"15年,该如何形容你,海口舰?"邹琰说,"海口舰这些年的成长,就像一个15岁的男孩的青春期暴长,先把个头长起来,哪怕瘦一些,再去长肌肉、长思想、长见识、长文化。"

说到这里,邹琰再次陷入思考。沉默了一会儿,他说:"我们这艘舰现在的状态就是,各种底蕴很多,都在仓库里装着,没有目录,没有索引,等待着一个更宏观的角度、一个更宽广的视野、一个更敏

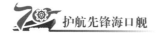

锐的目光去穿越这15年,然后提升它、升华它。"

15年,究竟该如何形容你,海口舰?

这不仅是前去采访的笔者心中的问题,事实上,也是一直萦绕在海口舰两位主官心中的问题。

"没有海口舰完成不了的任务。"在樊继功眼中:这是每一名海口舰官兵的信念。

"海口舰让人'有底',是因为有一群让人'有底'的兵。"在邹琰眼中,这群让人"有底"的兵都追求海口舰独有的"金牌品质",可敬,又可爱。

说到这里,邹琰突然恢复了正常的语速。此时,他确信自己找到了那个合适的关键词:没错,就是"金牌品质"——正是全舰官兵用爆发力、执行力、意志力和零失误,打造出来的"金牌品质",造就了海口舰的口碑和底气。

"'金牌品质'已成为海口舰的硬标准,是舰员们的本能追求。他们总是用坚韧与爆发力,刷新你的认知。"邹琰说,"如果你问我海口舰的精神是什么,我想就集中体现在这四个字上。"

那天,采访快结束的时候,笔者称赞樊继功和邹琰对海口舰的精气神总结得好。邹琰随口说了一句,说其实他特别害怕总结。他总觉得"自己和海口舰正航行在广阔无垠的大海上,所有的故事,都是舰艉翻滚的雪浪花,形成航迹的同时,就消逝了"。

事实上,他和他的搭档都确信:只要前方还是海,前方也就不断会有海口舰新的"金牌故事"。

◎ 时任海口舰舰长樊继功（左）、政委邹琰（右）不辱使命、建功深蓝

（一）

皇甫晓伟清晰地记着那次紧急出航的时刻——2014 年 3 月 9 日 16 时 15 分。

这位海口舰二级军士长之所以对这个时间"刻骨铭心"，是因为那天他的牙疼得"刻骨铭心"。

那天刚好是周日。与往常一样，有的官兵在码头超市挑选着喜爱的零食饮料，有的官兵在海滩漫步体味椰风的芳香，有的官兵乘车外出大饱口福，还有的官兵在运动场上奔跑呐喊，陪家属小孩……

对这一切，皇甫晓伟只有羡慕的份。此时，一颗牙疼得他大汗淋漓，他赶紧请假去门诊部看医生。医生仔细做了检查，"正在上药杀神

经的时候",皇甫晓伟听到了一阵凌厉的广播声和汽笛声——海口舰接到了紧急出航的通知。

对于已多次担负值班任务的海口舰官兵来说,这种口令早已习以为常。但这一次,皇甫晓伟和战友们却不知道要去哪里,什么时候回来,只知道,执行命令就对了。

但种种迹象表明,这次任务是真的急——"整条舰根本没有补给,就直接拉出去了"。几年以后,回忆那天一幕幕,皇甫晓伟至今历历在目。

"离码头部署!"皇甫晓伟和战友们在非常短的时间内全部就位,几乎比标准出航时间快了一倍。迎着落日的余晖,海口舰再次踏上征程……

航渡期间,海上风急浪涌。皇甫晓伟已经很久没有遇到这么大的风浪了。不知道是不是错觉,皇甫晓伟感到,"舰艇持续高强度摇摆带来的眩晕,竟让牙疼轻了些"。

一个多月后,海口舰仍日夜驰骋在南印度洋的波涛里。在一次吃饭的时候,那颗让皇甫晓伟疼得要命的牙掉了下来,他直接把那颗牙丢到了外面的大洋里。直到今天,每次舌头碰到缺牙处,皇甫晓伟就想起那次行动。

对于掉了一颗牙的皇甫晓伟来说,吃饭咬东西变成了一个小挑战。但对于炊事班长戴飘扬而言,这次任务却是一次空前的挑战。出发时海口舰没有任何补给,本以为能够速战速决。如今,一周过去了、一个月过去了……任务何时结束迟迟没有确定,剩下的食物不多了,附近海区的海况也不适合补给。

班务会上,戴飘扬讲出了他的忧虑。很快地,炊事班全体开始轮流值班,每次吃完饭后,查看剩菜桶中有多少菜,以此来决定合适的菜量;副舰长也加入其中,天天盯着剩菜桶,看大家有没有浪费食物……那段时间,戴飘扬觉得自己"抠"极了。

那次任务节奏特别快,经常在多个海区来回转。4月份,南半球正是秋末冬初,天气已经有些寒冷,一到船舱外,夏天穿的衣服根本不足以御寒。为此,舰上关闭了冷水机组,采取自然通风的形式防止舱内气温过低。戴飘扬此时又犯了难:舰上的每顿饭都少不了馒头,吃馒头就要有发酵好的面团,否则馒头吃起来会像石头一样硬。炊事班的同志们又想出了一个"高招",他们在煮玉米烧水时将锅盖打开,让厨房内充满蒸汽,这样,整个房间就变得暖暖的,他们随后借着这股"暖意"和面、发面,一个个面团很快便做好了。

任务后期,全舰甚至连基本的生活用品都难以维持。有的沐浴露、洗发水用完了,就往里面灌满水,摇一摇,用到最后连泡沫都洗不出来了,就直接用清水洗。恐怕最尴尬的还是那些女舰员,个人卫生用品准备不够,最后只能找军医借替代品……

那一次紧急出航执行某搜救任务,海口舰在海上连续奋战近2个月,创造了海军舰艇非值班状态出动速度最快、执行任务时间最长和跨越海域最广的纪录。

欲戴王冠,必承其重。在海口舰的大事记中,"紧急出航"是一个高频词汇。但在海口舰官兵的心中,"紧急出航"四个字则意味着信任与重托。

这是又一次紧急出航——2012年除夕前,椰林掩映的三亚,迎春

的年味儿渐浓,远航训练归来的海口舰刚靠上母港码头,一项重大军事任务又下达给了他们。

春来起征程,冬尽未解甲。在过去的一年里,海口舰在海上航行近10个月。不少官兵不仅没有休假,甚至家属来队都没见上面就踏上了返程列车。

上级领导为此暗暗担心:一年近300天战斗在大海上,万家团聚之际又让他们出去执行任务,会不会有人提出坚决要休假……

然而,当上级领导带着工作组上舰后,这种担心随即一扫而空:全舰没有一名官兵向党组织讲条件、说困难,没有任何人在上级的决策面前说三道四。

尚未开始动员,当晚舰党委就收到100多名官兵的请战书,表达了一个共同的愿望:只要圆满完成任务,不休假、不回家与家人团聚也值得!

那个春节,在迎春的爆竹炸响之际,海口舰解缆起航,官兵们精神抖擞地坚守在战位上,不放过眼前任何一片风浪……

负重坚韧,常备不懈,方能首战必用,闻令即动。一次次紧急出航,练就了舰员们应急处置各种情况的能力。一次次不负重托,为海口舰累积着"有底""放心"的口碑。

(二)

2017年11月,海口舰航行在执行第27批亚丁湾护航任务途中。一天晚上,海口舰左巡航柴油机增压器突发漏水故障,如果不更换增压器,主机将无法使用,直接影响后续护航任务。

"舰艇正在印度洋上,前不着村,后不着店,这该咋办?""护航护到一半就回去,还不让人笑掉大牙?"正当各级领导一筹莫展时,42 岁的柴油机班长王东主动请缨,负责增压器换装任务。

电话里听说海口舰的战士自己动手换增压器,后方的装备部门和厂家技术人员都吓了一跳。要知道,在晃动的舰船上,更换重达230 多千克的柴油机增压器谈何容易:增压器相连系统较多,管路复杂,光螺丝就要拆装上千个,而且误差不能超过 0.4 毫米……按相关规定,这样精细的技术活儿,属于基地级维修项目,不在舰员级维修范围内。

"以前没有舰艇自己换过,你们能行吗?"后方装备部门特别担心。

"行不行,看我的!"巡航柴油机班长王东拎着工具上场了。在其他舰员的配合下,他凭着过硬的技艺,分毫不差地把增压器换上去了。

启动,试车……增压器运转情况正常! 外围系统情况正常……一举刷新了海军舰员级维修的纪录。

王东的履历里,最为战友们津津乐道的就是他的这些绝活和纪录。

海口舰上的人都知道,王东有个绝活是听音定位,就是通过听机器运转的声音来判断柴油机是否运转正常,甚至确定故障所在。

2017 年初,王东随海口舰执行远海战备训练。一次机械检拭,他这摸摸,那听听,一个不起眼的响声,钻进了他的耳朵。王东准确判断出是滑油管路损坏,及时组织人员抢修,避免了机舱泄漏滑油的危险。

◎ 全军优秀士官、二级军士长王东在高温高噪声的环境中，每小时都要对柴油机进行巡航

至今，王东创造的某柴油机超期使用安全维护的纪录，仍无人打破。

那是 2014 年初，海口舰所用的 2 台巡航柴油机使用时间已到了规定保养时限，按照装备保养原则需要进厂切割更换新设备，修理 3 个月后再为参加后续联演任务做准备。

恰在此时，某紧急任务悄然而至，海口舰来不及进厂进行柴油机保养，又接连航行了近 2 个月。紧接着，海口舰又奉命参加多国联合军演。

"那段时间，真想天天抱着柴油机睡。"机舱内，王东反复检查每一条管路，生怕出故障。在他的精心维护下，柴油机安全工作时间大大超过保养时限，未发生一起影响任务的故障，创造了海军同类型巡航柴油机使用新纪录。

"如果因为我的装备出现问题,那就是我在关键时候掉链子。我掉链子,还只是我个人脸上挂不住的问题。如果海口舰被认为关键时刻掉链子,谁能承担得了这个责任?!"或许,正是这种强烈的使命意识,让王东总想着有备无患。

在2014年的某次航行中,海口舰柴油机突发故障,一冷却芯的密封圈损坏,将可能导致舰艇无法正常航行。

这型密封圈使用率不高,这次又是应急出航,舰上原有备件已经用完。当其他舰员都陷入焦虑时,柴油机班长王东像变魔术一样从自己的小箱子里拿出一个同类型的密封圈。

原来,两年前,王东在清理舱室时曾发现一批小配件无人认领,在脑海中逐个零件对比后,申请将几个眼熟的小配件补充进了备件箱里,以备不时之需。

"哪有运气和奇迹!"王东说,"面对任务,我们永远在备战。"

这么多年,海口舰每一次起航出发的时候,王东从来没有在甲板上站泊,也从没看见过码头渐渐远离的景象。多少这样的时刻,这位老兵守在海口舰水线之下的机舱里,享受着机器的轰鸣。

这么多年,王东每次休假回家,爱人都说他一身都是柴油味。每当这个时候,他就会和爱人开玩笑:"海口舰安全航行34万多海里,这身洗不掉的柴油味可立下大功劳呢!"

玩笑的背后是自豪和热爱。这位在舰上时间比在陆上时间要长得多的老兵说:"海口舰就是我的家。"

"能在一艘现代化的军舰上服役,真恨不得把所有都献给它……"一次座谈,听到一位战士的发言,海口舰政委邹琰的心情久久难平:

◎ 王东在高温的柴油机舱，一干就是24年

"这是何等的热爱,这是何等的可爱!"

为了这份热爱,海口舰一代代可爱的官兵负重前行的足迹里,浸透着汗水、鲜血乃至生命。

2012年,舰副政委罗峰的妻子因患淋巴癌不幸去世,他因为在海上执行任务未能及时赶回。四级军士长、舱段班长邹雷因执行任务先后5次推迟婚期,他答应为妻子补办的一场婚礼,至今仍未能兑现。

舰政委田春雷说,10年来,海口舰共有36名官兵因任务推迟婚期,19名官兵没能亲眼看到孩子出生,7名官兵在亲人离世时仍在海上执行任务……他们把对亲人的爱深深藏在心底,却把最炽热的爱捧给眼前日夜厮守的"钢铁情人"。

有一首诗这样写道:"有的人在追逐,还需要我们超脱;有的人在放弃,还需要我们坚持;有的人在背叛,还需要我们忠诚。"

随海口舰执行第10批护航任务的支队政治部干事杨锴,写成30余万字的《我的护航》。在书里,他多次提到海口舰的舰歌——

我们是海上的蛟龙,人民重托记心中,为了万家团圆

与祖国安宁,勇往直前我们决战决胜……

（三）

血性,在硝烟弥漫的战场上也就是一瞬间的事儿,但在海口舰的词典里,却是深刻和持久的。

2015年10月4日,超强台风"彩虹"袭击湛江,17级的台风以每秒68米的速度摧枯拉朽,势不可挡。

此时,海口舰正在湛江港附近锚地防风。驾驶室内气氛凝重,信号值班部位的甚高频电台一直响个不停,不断传来"某某舰船走锚""某某船锚链断裂""某某船搁浅"等令人揪心的消息。正在驾驶室值班的下士向晗感到有东西往下掉,突然有人喊:"走锚了!"

情况危急! 主锚锚链断裂的海口舰,被风浪推着直直地向岸边撞去。"转换燃机,抛副锚!"关键时刻,舰长樊继功果断下达命令。

谁都没有料到,前甲板水密门在风力的作用下,承受了极大压力,帆缆区队长侯攀科他们用尽了全力也无法推开。此时前抢险队人员纷纷赶来支援,伴着大家的嘶喊声,水密门终于被推开了,锚机组人员立即冲向前甲板。

"此时能见度不足50米,风势凶猛,豆大的雨点打在脸上钻心地

疼。锚机组人员一个拉着一个,向副锚绞盘爬去,40多米的距离,他们每一步爬得都很艰难。"帆缆班长石晓兵回忆说,当20多名舰员撤回舱内时,已经累得全部瘫坐在地板上。

历经4个多小时的奋战,海口舰逐渐稳住身形。此时,舰艉海区离5米等深线不足30米。

"我们是一支打不垮、压不烂的战斗队。"时至今日,舰长樊继功谈起这件事仍洋溢着自豪,"在任何困难面前,海口舰都能爆发出极强的凝聚力、战斗力!"

"带着船抗过一次台风后,兵的眼神状态都不一样了。"邹琰说,"大家都觉得,这种集体有力量,待在这个集体里特别安全。"

"不怕狂风巨浪,不怕流血牺牲、不怕任何敌人"这句标语,既是海口舰官兵的精神坐标,也是他们的真实写照。

这些年,南海海域变得很不平静。身处海上维权斗争第一线,海口舰经常与外军舰机近距离交锋。

◎ 海口舰机电部门轮机技师周帅抢救主机(严冬 摄)

那年,海口舰在我南沙附近海域执行任务。一天下午,官兵正在甲板组织体能训练,某国预警机不断靠近,准备对我南沙岛礁实施抵近侦察。

战斗警报骤然响起,官兵们迅速进入战位。他们按照作战预案和流程,开展针对性模拟对抗训练,不给外军飞机任何可乘之机。经过近一个小时的对峙,对方被迫悻悻离去。

那年,海口舰执行某专项护卫任务,面对外军舰机和潜艇长时间的跟踪监视,全程保持高强度的应对。最终,对手觉得无隙可寻,悄然退出了纠缠……

那年,某国大型舰艇编队进入南海,海口舰奉命前出跟踪监视。面对强大对手,官兵们毫不畏惧,与对方斗智斗勇,全程保持戒备,依法对其进行警告驱离,坚决捍卫祖国的寸土寸海。

还有一次,海口舰跟随编队在西太平洋海域进行例行训练,遭到外军舰机的抵近侦察。海口舰各战位保持高度戒备,死死盯住目标。

狭路相逢勇者胜。在海口舰压倒一切敌人的气势面前,外军舰机无机可乘,只好灰溜溜地转向离去。

(四)

危急时刻"敢顶上",现实威胁"敢冲上",强敌当前"敢较量"……海口舰官兵的"敢战之气"究竟从何而来?

海口舰舰上通道里,"中国一点儿都不能少"的标语格外醒目。看到这标语,三级军士长周文明总会想起五年前的一幕。

那是2014年年初的一天,海口舰执行远海训练任务,在曾母暗沙

附近海域组织了一场投放主权碑仪式。

前一天晚上,舰长、政委告诉周文明,由他担任主权碑的护碑手。这位情电部门指控技师兼班长兴奋得睡不着觉,躺在床上不停地比画着投碑动作。后来,周文明干脆爬起来,跑到机库捧着主权碑好好练了许多遍。

第二天早上,仪式正式开始。周义明带着白手套,紧紧地护着怀中的青石板,漆红的"中国南海"碑文在阳光下更显鲜艳。

"投放主权碑!"随着海口舰到达预定海域,编队指挥员一声令下。石碑从舰艉处投入翻滚的白色尾流。长久的汽笛声即时响起,大家庄严敬礼,主桅上鲜红国旗猎猎作响。

"五年过去了,这个场景常常出现在我的梦里。"周文明说,他经常会梦到同一个画面:晴朗碧空下,蓝色丝绸般的海水,涤荡着曾母暗沙的一簇簇礁石。礁石间,中国海军在此投放的主权碑静静地躺在那里……

投碑入海,使命上肩。"不管今后走到哪里,是否还穿着这身军装,我的心始终和这片海紧紧连在一起。"周文明说。

在作家眼里,沧海是展示在天与地之间的书籍、远古与今天的启示录。在海口舰官兵眼里,除了这些,沧海还是信念、使命、责任、奉献和荣誉的代名词。

反潜部门胡玉泉中学时看过一本描写海军部队的书。书中主人公有句话,至今被他视为理想:"生,与狂风恶浪相搏;死,伴汽笛细涛而眠。"

血性胆气的背后,不仅是使命的担当,更是灵魂的熔铸。

两年前,樊继功参加了一场海军英模座谈会。在那场座谈会上,来自海军各个时期、各支部队、各条战线的 66 名英模代表聚集一堂,畅谈海军精神,共话使命担当。

麦贤得、高翔、戴明盟……身为海口舰第六任舰长的樊继功,认真聆听着新老英模对话,一边感受海军历史上涌现出的西沙精神、南沙精神、核潜艇精神等海军精神的时代真谛,一边欣慰于海口舰官兵浑身充盈的"敢战之气"。

海口舰所在某驱逐舰支队的前身是战功赫赫的海军某护卫舰大队。如今,这支英雄部队的名称变了,官兵换了一茬又一茬,战舰和装备也经历多次升级换代,但在樊继功看来,"红色基因这个制胜密码没有变"。

"荡涤精神,首先要在坚定信仰中激发骨气。荡涤信仰,必须要在攻坚克难中砥砺锐气。荡涤精神,要注重在千锤百炼中养成勇气。荡涤精神,还必须在创先争优中催生底气。"在读到时任支队政委冯瑞声的这篇充满激情的文章后,情电部门战士齐童忍不住写下这样的文字——

> 我想对祖国说,你的战士愿意为你的强大付出一切,甚至生命。我想对我们的战舰说,你给了我发光的舞台,我将用热血证明我的忠诚。我想对自己说,做个顶天立地的男子汉,做个让祖国和人民信任的好兵。

空闲的时候,樊继功喜欢凝视那张不知看了多少遍的世界地图。

身为海口舰舰长,没有谁比他更熟悉这艘国产现代化驱逐舰跨越印度洋、太平洋、大西洋的深蓝航迹。

有人问樊继功:最喜欢的颜色是不是深蓝?这位海军上校点点

◎ 每逢重大任务，官兵们面对党旗庄严宣誓

头,却又摇摇头。

"除了深蓝,我还喜欢红色。"在樊继功看来,倘若给海口舰取景,除了深蓝的大洋背景,主桅杆上的鲜红国旗当是"点睛之笔"。军舰停靠码头时,樊继功还喜欢在前甲板上注视着迎风招展的鲜红军旗。

还有一些"红色"看不到,却同样鼓舞人心。无数个远航的日子,樊继功真切感到,那国旗、军旗上的"红色"就在自己和战友们的身体内脉动着,仿佛是永远也用不完的燃料——他确信,是这些"燃料"让一次次挺进深蓝的海口舰更加自信、从容。

热血忠诚的颜色,深植在海口舰官兵的头脑深处,沸腾在他们的年轻血管里,铺展成"航行 34 万海里、近 3 万个小时"战风斗浪的履历,凝固成"人民海军史上多个第一"的底色。

樊继功眼中的"红与蓝",不仅映照着一艘军舰的深蓝梦想,还演绎着一艘军舰的热血忠诚。

》》第九章
你用真情守望，我用热血逐浪

"我的爸爸是英雄，长大后我要和他一样当海军，打海盗！"

2018 年 12 月 25 日，"挺进深蓝的壮美航迹"护航十周年文艺晚会，在南海舰队某驱逐舰支队举行。听到 10 岁的儿子说出上述这番话时，周施成忍不住流下了眼泪。

周施成，海口舰机电部门退伍老兵，参加过首批护航。他的儿子叫周亚丁，是中国海军执行护航任务以来出生的第一个"护航宝宝"。

10 年前的 12 月，海口舰接到了执行首批护航任务的预先号令。机电部门柴油机班长王东给正在休假的周施成打电话，通知他尽快归队。接到电话，周施成先是一阵激动，随后陷入沉默。周施成告诉王东，妻子还有半个月就要生产了……

妻子马上就要生产，战舰随时准备出征，周施成左右为难。

看着纠结痛苦的周施成，妻子流着泪说："要不，我就提前剖了吧？这样你也放心了，虽然陪不了我们娘俩，好歹能看到孩子出生的第一眼。"老周连连摇头："那怎么能行，娃还没长好呢！"那天夜里,周施成一边说服妻子到预产期再生,一边收拾归队的行囊。第二天一早,他离开家时,都没敢回头看妻子的泪眼。

起航后的第 11 天,周施成的儿子顺利出生。为了让儿子记住爸爸战斗的地方,他给儿子起了周亚丁这个响亮的名字。

那天的晚会现场,还迎来了一位年龄最小的"护航宝宝"——侯湘航。

2017 年 3 月 18 日,第 27 批护航编队返回母港。舰艇一靠码头,海口舰对海部门发射班班长侯斌就匆匆请了假往家里赶。这一天,他的妻子正在产房里经历了将近 8 个小时的手术。因为完全性胎盘前置加上早产,侯斌的妻子在分娩过程中大出血,连续做了 3 台手术才被推出产房。尽管刚刚闯过了"鬼门关",这位坚强的军嫂见到丈夫的第一句话却是:"老公,我和儿子欢迎你凯旋。"

在舞台上,两个相差 9 岁的护航宝宝牵起了手。周亚丁轻轻拥抱着侯湘航的那一刻,仿佛是一个 10 年的约定,见证着海口舰的壮丽征程。

海口舰共执行过三批护航任务,像周亚丁、侯湘航这样的"护航宝宝"共有 20 多个。如果把海口舰比作一本书,"护航宝宝们"的故事在这本书里再普通不过。在中华民族伟大复兴的航道上,海口舰不仅承载着强军兴军的梦想,还承载了无数这样的故事。

海口舰副政委严冬有一次接受中国军网记者访谈时说:"我们敢于直面战争,敢于直面惊涛骇浪,敢于直面穷凶极恶的敌人,但是唯一让我不敢直面的就是家人的眼睛。"

第 27 批护航编队返回母港那天,妻子带着两个女儿从海口专程赶来三亚见严冬。一家人仅仅团聚了一个下午的时间，严冬就接到了另一个紧急任务。

那天下午，严冬把妻子和女儿送上回家的动车，挥手的时候，严冬不敢直视妻子和女儿看向他的眼神。那些远航的日子里，严冬的脑海里总会想起妻子怀孕时的那些画面。

那是一次台风袭来的日子，严冬随海口舰出去防台风，但身后的家里也正面临着台风的袭击。当时他的妻子正怀着大女儿，已经8个月了，"从客厅里面躲到卧室里面，最后躲到卫生间里面躲过一劫"。二女儿出生的时候，当时羊水破了，他爱人自己开了40分钟的车去的医院。

"我这辈子做过的最美的事情就是去爱她，做过的最对的事情就是娶了她。"这应该是结婚以来，严冬背着妻子对她做过的最深情的告白。

"你用热血逐浪，我用真情守望。"海口舰官兵的故事里，离不开这些"另一半"的默默付出和奉献。当他们冲锋在大洋一线，她们坚守着后方；当他们肩负着使命任务，她们用柔弱的肩膀挑起了家庭的大梁……无论他们走多远，都走不出她们的爱恋。某种意义上，她们的爱，是"中华神盾"最强劲的引擎。

如果你是军人，或者，你是军人的爱人或恋人，你一定会对上面的故事感同身受。爱情是浪漫的，亲情是温馨的。当爱情和亲情有了军人这个定语，浪漫和温馨也便有了不一样的味道。

即便是在网络无限压缩时空的今天，时间和空间仍是横亘在军人爱情或亲情中间的难以跨越的维度。时间和空间既是考验，又是

◎ 2017 年 2 月 21 日，海口舰乘风破浪（周启青 摄）

升华。经历了考验，爱情和亲情也便经由时间和空间的耐心发酵，进而完成了升华。

其中甘苦，唯有亲手酿者、亲口尝者，方有刻骨铭心的感受。

就像我们即将讲述的故事里，无论是三分钟的越洋电话，还是那些从遥远的地方寄过来的独特礼物；无论是团聚的欢笑，还是离别的泪水……于他们，皆是浪漫，皆是责任。

就像海口舰官兵伴着这些付出、奉献、离别、守候的故事一次次出航，但他们时刻铭记，码头上送行的亲人，才是战舰返航的航向——

我把我的心交给了你，

我就是你最重的行囊。

从此无论多少的风风雨雨,

你都要把我好好珍藏。

你把你的梦交给了我,

你就是我牵挂的远方。

从此无论月落还是沉静,

我日夜盼望你归航。

我会枕着你的名字入眠,

把最亮的星写在天边。

迷茫的远方有多迷茫,

让我照亮你的方向。

我会枕着你的名字入眠,

把最亮的你写在心间。

寂寞的远方有多凄凉,

让我安抚你的沧桑……

(一)

海口舰官兵的魅力有多大？这个问题的答案,写在一个个女孩的

选择里。

在海口舰轮机技师周帅的记忆里,"那个上午,是一切美好的开始"。

那年休假回家,周帅去学校找初中同学王伟忠玩。在学校门口,他碰见了热心的许莉萍。"我带你去找他。"教室,宿舍,操场……一路上,开朗的许莉萍和周帅边找边聊。

没找着同学的周帅,却被许莉萍甜美的微笑打开了心扉。回到相遇起点,周帅从门卫室的挂历上撕下一张纸条,匆匆写下部队地址塞给许莉萍,一溜烟跑没了影。

返回部队,周帅迫不及待地写信寄回了学校。寄出信的周帅有些忐忑:"她会收到我的信吗? 她会回我吗?"就这样,周帅等了半个月。

这一天,文书挥着一个粉色的信封,喊着:"周帅,信!"周帅甭提有多开心了,屏住呼吸拆开信封,打开缀满碎花图案的信纸,娟秀的字体就像叮叮咚咚的泉水,流淌进周帅的心里。

从那以后,一封封书信如同一只只鸿雁,频繁飞舞在两人心中。

两年后的一天,许莉萍拆开信封,两颗红艳艳的红豆从信封里滑落到桌面,信上写道:"红豆生南国,春来发几枝? 愿君多采撷,此物最相思。"

将红豆捧在手心,许莉萍怎么也看不够,周帅那份呼之欲出的情感,让她脸颊烧红,心跳加速,她又何尝不是这个心思呢!

从这一天起,红豆成了许莉萍的随身物。她专门买来一个漂亮精致的小玻璃瓶,把红豆放置其中,就摆在梳妆台上。直到今天,里面的红豆依旧温润艳丽。

如果说周帅的爱情始于一场偶遇,那么反潜部门战士李伟的爱情,则是缘起于一张照片。

2004 年 2 月,一张李伟穿白色水兵服的照片偶然转到卢倩倩手中,令这个内秀、敏感的少女情窦初开。"一开始,我跟她说不合适。两个人学历上有差距,彼此所在的城市距离又远,但她始终不放弃。她说我这个人细心、认真、人品好,她就喜欢我这一点。"后来,在卢倩倩的坚持下,两人开始交往。

2009 年 8 月 4 日,李伟收到了来自卢倩倩的传真《想做你的完美新娘》。这是一封饱蘸思念与渴望的情书:"最近周围好多朋友、同学、同事都在陆陆续续地登记婚礼。我在恭喜她们、羡慕有情人终成眷属的同时,心里随之也有个念头——做你的新娘!"

卢倩倩的真情深深地打动了李伟的心,随着不断交往,两人的感情与日俱增。2010 年 7 月,卢倩倩辞掉了北京大学医学部令人羡慕的工作,南下三亚与李伟结婚。

在很多女孩的眼中,大海是浪漫的,与大海为伍的水兵更是浪漫的。事实证明,她们的判断是对的,她们的眼光没有错——水兵从不缺乏浪漫的基因。

在动力分队长李元野家中最醒目的位置,放着 4 个小玻璃瓶和 2 本书。玻璃瓶里分别装着沙、树叶以及两种不知名的贝壳,2 本书的扉页上分别用阿姆哈拉语和索马里语写着:"送给我最爱的你。"

李元野的妻子张晓兰说,这是她这一生中收到的最珍贵的礼物。

2017 年 8 月至 2018 年 3 月,动力分队长李云野执行第 27 批护航任务,这是他和爱人张晓兰第一次长时间分离。

9 月 23 日,张晓兰收到了一份从吉布提寄来的包裹,打开一层层

紧密的包装纸,是一个小玻璃瓶,里面装着一把洁白的细沙和一张字条。

小心翼翼地抽出字条,张晓兰看到上面写着:"这是来自吉布提沐沙岛海沙,我希望我去过的地方都有你的身影。"

每过一段时间,张晓兰都会收到一份从国外寄回的礼物——"这是南非港口的树叶,这里绿植少,取下这片叶子时,我有种愧疚感。""这是阿尔吉尼亚港的贝壳,到老时,我还想牵着你的手在沙滩上漫步。""我找当地的店主在书上写了句话,你猜猜是啥意思?"……

230天里,张晓兰收到了来自6个不同国家的沙、树叶、两种不知名的贝壳以及2本在扉页上分别用阿姆哈拉语和索马里语写着"送给我最爱的你"的书。

这6份礼物仿佛缩短了李云野和张晓兰的空间差。看着这些礼物,她感受到李云野一直就在身边,从未远离。她在电话里告诉李云野:"你的平安归来就是最好的礼物。"

"我的英雄明天就要靠港,今晚一定要睡个好觉,用最好的状态迎接他的归来。"

"明天就可以回家,再见我的女神了,今晚要好好休息,用最佳的状态面对我的女神。"

这两句话,分别摘自李元野和他妻子张晓兰的日记。

恋爱时,相隔两地,他们用书信交流感情;结婚后,海岸之别,他们把心情写在日记本中,相聚时相互分享。在网络如此发达的今天,这对浪漫的夫妻选择以一种"不合时宜"的方式,发酵着他们的爱情,也提纯着他们的爱情。

张晓兰喜好健身,酷爱旅游。李云野不在身边的日子,她把时间安排得满满当当。"虽然不知道他在干什么,但我知道我要为他做什么。"张晓兰用日记记录着每一天的所见所闻所感,等候着李云野归来,和他一同分享自己在漫长等待中的心路历程——

虽然我看不懂他又修好了什么设备,又排除了什么故障,但我理解了他的辛苦和对工作的热爱。

虽然我不在她身边,但了解了她每时每刻都在做什么,看到了她面对孤独时的坚毅。

通过日记,我更爱他,爱他有责任感、有使命感。

通过日记,我也更爱她,爱她的坚强,也爱她的柔弱。

我们也把对发生的矛盾的看法写在日记里,看看彼此的想法。

我们在写的过程中,平复心情,更冷静地对待发生的问题。

日记,从结婚开始,我写了738天,一天不落。

日记,从结婚开始,我写了712天,没写是因为加班太晚,经申请同意了的。

我们都想着到老的时候,坐在一起,回忆过去。

日记,我们俩会一直写下去,肯定一直写下去……

李元野和妻子张晓兰经年累月保持着笔尖上的交流,报务班班长吕阳则和妻子邢薇通过"煲电话粥"传递着相思与幸福。虽然电话里

的吕阳没有太多的甜言蜜语,但那份真诚与贴心,邢薇读得懂。

"给不了你无微不至的关怀,贴心的温度是耳边的呢喃;给不了你朝夕的陪伴,伴你入睡的是轻声的晚安。"2013年4月26日,身在大洋的吕阳,通过电话把自己谱写的歌《耳边》唱给了邢薇,纪念他们这不容易的5年。听着吕阳颤抖的歌声断断续续传来,邢薇笑了又哭,哭了又笑。

当海口舰一次次驶向深蓝,它的舰员们也经历了一场场浪漫的情感之旅。

"请通知徐全春,他有一份来自母港的礼物在今天的《当代海军》微信公众号,请查收!"2018年2月13日,执行第27批护航任务的海口舰,接到了来自《当代海军》编辑部的电话。

正在值班的徐全春得知消息后,会心一笑:"这肯定是我媳妇的回礼。"

大学期间,徐全春和边君楠就读同一所大学,两人互有好感,但碍于毕业分配去向不明,始终保持着"友情以上,恋人未满"的状态。幸运的是,毕业后两人分配到了同一座城市,迅速点燃了两人积累已久的感情,有情人终成了眷属。

"一个军人半个家,两个军人没有家。"双军人的婚姻生活,更多的被任务工作占据了时间,两人之间有好多约定没有实现。这时,徐全春又接到了执行第27批亚丁湾护航任务。出航前夜,徐全春看见了边君楠眼中打转的泪水,想着一定要为边君楠做点什么。

那天,徐全春灵光一现,在A4纸上打印出"楠,我爱你"这几个字,然后以大海为景,将四个大字托于胸前,照了一张相,用微信发给了边君楠，并附上了一段语音："楠，我对你的爱不分时间和地点。"

微信另一端，收到消息的边君楠笑得合不拢嘴，回到："瞧你照得那傻样儿。"

每到一个港口，徐全春都以这样的方式诉说着自己的思念。

大年三十这天，边君楠也在单位"最南端"，最靠近徐全春的位置拍下一这段视频，参加了《当代海军》的策划活动。

2月17日，海口舰停靠南非开普敦港，徐全春一上岸就迫不及待地买了一张当地手机卡，打开网络，翻查礼物。

"春哥，好久不见，今天是我们婚后的第一个春节，你不能在家里度过，但没有关系，我们有一辈子的时间可以在一起。家里，你就放心，一切安好，家永远是你放飞梦想、建功立业最坚强的后盾……"

（二）

虽然做好了"聚少离多"的心理准备，但对于海口舰家属们来说，总有一些"计划外的离别"突如其来，让他们始料未及。

2012年夏天，刚刚办完结婚手续的鱼雷班长王卫强向上级提交了休假申请，准备回家举办婚礼。

一路上，王卫强归心似箭，恨不能立马翻个筋斗云回家与家人团聚。到家后，来不及调整一路的颠簸劳顿，便和家人一起投入到紧张的婚礼筹备工作当中。接下来的两个星期，在忙碌和幸福中度过的王卫强，享受着和家人难得的团聚时光。

婚礼正式举行前一天的下午，王卫强和妻子满心欢喜地置办家

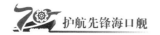

具。这时,父亲急匆匆赶来,掏出手机一把推给他:"儿啊,刚刚你们单位同事打电话过来找你,让你赶紧给他回电话,说有急事呢!"

王卫强从父亲手中接过手机,回拨了过去。原来海口舰临时接到紧急任务,令他马上归舰。

放下电话,他愣了一会儿,提议回家。到家之后,王卫强把一家人都叫了过来,跟家里人解释说有任务,必须马上回部队。所有人都沉默了。他望向妻子,妻子默不作声,一脸失望地站在那里。

过了好一会儿,父亲打破了沉默:"马上买晚上的票走吧!部队需要你。"订好机票后,王卫强回到房间收拾行李,妻子走过来,附在耳边,轻声说道:"强,家里你放心,我会帮你向亲友们解释的。"顿时他眼泪夺眶而出,一把紧紧抱住了妻子。

匆匆登上飞机的那一刻,王卫强透过玻璃窗看到送行的妻子,她静静地伫立在那里。由于工作的保密性质,无法解释太多,只能自己默默承受。妻子理解的目光,让他感到温暖和安心。

千里万里,航行在家人牵挂的目光里。

2008 年,周帅随海口舰执行首批亚丁湾护航任务。124 天的海上漂泊,始终牵动着妻子许莉萍的心。

从战舰起航的那一刻起,所有关于丈夫的消息都随着母港内尾流的消散消失在无尽的大洋里。也从这一天起,许莉萍晚上 7 点,常会准时坐在电视机前,期盼着能看到首批护航的新闻。

然而,很长一段时间,"首批护航编队"这个关键词始终没有出现在新闻中。

"莉萍,好久没有关于周帅的消息了,是不是有什么事啊?"和许莉萍住在一起的婆婆也惦念着儿子。"妈，没有消息就是最好的消息。"许莉萍宽慰道，"周帅他们的舰是最先进的驱逐舰，我相信他，相信海口舰，相信中国海军的实力。"

大年三十团圆之夜，许莉萍哄睡孩子之后，躺在床上辗转反侧，想象着丈夫在万里之外该怎么过节。这时，手机响起："莉萍，是我，家里都还好吧？"这熟悉而又温暖的声音让许莉萍一时哽咽，双眼噙满泪花……

一转眼9年过去。这一年，周帅难得有机会休假。回到老家，他带着妻子和孩子到亲戚家都走了一遭。正当他和孩子一起制订暑假作业完成计划时，电话来了："执行重大任务，速归。"

回到部队，周帅才知道要执行第27批护航任务。周帅心里牵挂着孩子的学习，跑到书店购买了同一套作业，带上了舰艇。

"爸爸和你一起做作业，看看谁更厉害。"出航前夕，周帅和孩子作了约定。

护航的日子里，周帅每天值班结束，无论多晚多累，第一件事就是按照计划做完习题，算准时差，准点拨通家里的电话："今天作业完成得怎么样？我们来对对答案。"

暑假作业就这样在距离千里的电话两端完成。那天，儿子问："爸爸，你什么时候回来啊？"周帅回答："等你放寒假的时候，爸爸就回来了，到时候，我们再一起完成寒假作业。"

在港口迎接丈夫，对每一名海口舰官兵家属来说，是最幸福的时刻之一。她们期待这个时刻，但又害怕这个幸福时刻落空，担心这个时刻向后推迟，哪怕一分钟、一秒钟。所以，她们总是选择静静守候。

124、186、230……这是海口舰执行护航任务出航的天数,这些数字能轻易触碰到海口舰官兵家属的泪点。这泪,是等待的艰辛,更是相见的幸福。

"我愿执明灯一盏,静候良人归。"这是报务班班长吕阳爱人邢薇最喜欢的一句话。无论是吕阳乘班车返回,还是离开家属院,只要大巴车的发动机一响,她定会准时守在客厅窗口,看着他下车回家,或是排队上车,远远地等待着与他的眼神相遇,然后开心地挥一挥手。

"我从不问他什么时候回来,害怕期待的相遇不能兑现。"那年,吕阳执行某中外联演任务,返航的日子一改再改。

失望和希望不断交替,让邢薇的心起起伏伏:"以后,你靠了码头再告诉我,我这个小心脏真是承受不住你不能按时归来的事实。"

对空作战长秦勇爱人张慧却有另一种担忧。

2017年8月,秦勇执行护航任务,离别时,爱人张慧对着刚一岁半的孩子说道:"宝贝,爸爸要去执行任务了,我们一起等着爸爸平安归来,好不好?"刚会说话的孩子,望着秦勇,口里不停呢喃着"爸爸、爸爸……"

几个月后,张慧开始担心,怕孩子忘记父亲的模样,没事就拿出照片,找出视频,问孩子:"宝宝乖,你看哪个是爸爸?"当孩子的小手准确地点在秦勇身上时,张慧很是欣慰:"呀,宝宝真是厉害啊!"随后在孩子的脸上开心地亲吻起来,逗得孩子咯咯咯咯笑个不停。有时,孩子的小手也会点在别人身上,这时的张慧心里就会咯噔一下,"宝宝,不准顽皮,好好再认一下!"直到孩子在她的引导下,点中"爸爸",她才会放心。她希望丈夫能够早点回来,结束自己的担忧。

返航那天，她带着孩子和家属们一起到码头迎接，看着军舰缓缓驶入军港，她的心情激动且复杂。

系好缆绳，搭上舷梯，归来的英雄们纷纷向她们走来。在穿梭的迷彩中，张慧焦急地寻找着秦勇的身影。

"爸爸！爸爸！"在她怀里的孩子扭身伸出双手，顺着这双急切的小手望过去，秦勇正笑着朝她们跑来。没承想倒是孩子先看到了这么多天来心心念念的爸爸，她心里的那块石头终于落了地。张慧抱着孩子飞奔过去，投入那个温暖的怀抱："终于回来了，你看你瘦的，孩子都快不认识你了。"

等待，是海口舰官兵家属的"必修课"。但所有的等待，终将不负期待。

只因张慧在家楼下说了一句"今天走得好累"，秦勇便背着她一口气上了六楼；只因邢薇逛街时看了一眼路人手捧的玫瑰，吕阳第二天就用玫瑰花铺满了整张床……

"一年 365 天，我们只有 65 天在一起。然而在这 65 天里，他把那 300 天缺失的爱都补了回来。"电子对抗技师吴斌的爱人陈杨说："只要他在家，他连鞋都不让我自己脱。"

吴斌似乎休假都带着任务，洗衣、扫地、擦窗户、带孩子，只要能做的家务活，都包了下来。想起那些有他陪伴的日子，陈杨满脸甜蜜："这段时间，用他的话说，我只需要负责貌美如花。"

那年，周帅和爱人许莉萍的爱情结晶即将出世，周帅执行完任务后立即请假回家，第二天晚上许莉萍就被送进了产房……当一家人团团围着这个小小的新生命时，周帅一个人在产房前踱步。手术室门一

打开,周帅就冲上前去,紧紧地握着许莉萍的手:"媳妇儿,辛苦你了。"这一刻,许莉萍看着眼圈发红的周帅,心底感叹:这辈子我是幸运的,真的没有嫁错人。

2018年3月17日,窦甜甜接到了丈夫第二天返航的消息。这一夜,家属微信群热闹至深夜,毫无睡意的她干脆起身,将化妆品摆满梳妆台,为的就是把自己打扮得美美的,在他面前展现最动人的自己。

(三)

张琦和陈瑶珠怎么也不会想到,自己在小品最后对着大海的呐喊,竟让很多战友哭了。

海口舰情电部门的这两名战士,创作的小品名字叫《打电话》。时至年关,执行第27批护航任务的海口舰,正航行在广袤无垠的大洋上。

每逢佳节倍思亲,舰上的5路亲情电话进入腊月后就一直排着长队。远离祖国故土几千海里,官兵们的思绪不由自主地飞回了亲人身边。因为气象原因,电话信号时好时坏。许多官兵利用休息时间排了很久,刚拿起电话,就发现没有信号了。远海大洋上,一声乡音问候成了奢侈品。

受眼前一幕幕场景的启发,小品《打电话》应运而生。后来在亚丁湾春节晚会上演出的时候,三次参加护航任务的王东触景深情,禁不住流下了眼泪。

10年前首批护航时,舰上官兵想打个电话回家可不容易。王东清楚地记得当时的支队参谋长胡伟华为了奖励机电部门几名老班长的辛苦,让他们去报房打了个短短几分钟的越洋电话。

那年过春节时,舰上专门设置了亲情电话。大家排队打电话每人三分钟,好不容易轮到王东,结果电话那边始终无人接听,让这位老兵很是伤感。

3分钟,究竟有多长?

多年之后,海口舰轮机工程师刘应虎算了一笔账:"20多位的号码拨完已经过去40秒,电话响了几声,又过去20秒,好不容易接通,只听到一声'喂',信号开始不稳定,又30秒过去,终于说话了……"

这位上校至今仍记得,当时接通电话后,他只来得及说一句:"妈,是我,我现在在亚丁湾,我挺好的,家里都好吧,照顾好自己,我很快就回去了。"

说完这一句,刘应虎电话挂断,刚好3分钟。

"从来没有觉得时间如此宝贵,真有种在战场上写家书的感觉。"刘应虎回忆说,在卫星通信资源稀缺、信号极其微弱的情况下,每人只有3分钟时间,从拿起电话的那一刻桌上的秒表就开始计时。

来不及多问候爸妈几句、多关心爱人几句,3分钟,只是报一声平安,所有舰员全部自觉按照规定执行,电话没接通的官兵委屈得红了眼眶也丝毫没有怨言……

后来,上级让家属们把想跟官兵说的话用短信发到机关一个专用手机上,再通过海上传输渠道发到海口舰。舰上把一条条短信剪成小纸条,送到相应的官兵手里。官兵回复后,再原路返回。一路远航,这些"手机短信便条"成了当时一封封特殊而珍贵的家书。

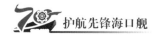

至今,皇甫晓伟仍珍藏着10年前首批护航时妻子沈艳萍发回的"手机短信便条"。那时,因为通信不畅,护航编队委托支队政治部专门安排工作人员充当官兵和家属的"联络中转站",将家属发来的短信打印出来,分发给护航官兵。

参加第10批护航任务的杨锴,时为海口舰机电部门教导员,他在护航日记里记下了不少感人的"越洋短信"。

有官兵发给父亲母亲的——

爸妈,家里已经很冷了吧,听广播知道家里都下了好几场大雪了。妈妈的风湿病又犯了吧,家里的火盆烧得旺一点暖一点……

老妈呦,你咋没回信息啊!你是不是还那么唠叨?家里还好吧?记得喔,儿子很想家,很想你们所有人……

有官兵发给妻子的——

亲爱的妻子,好想你!你的信息我都已收到,如获至宝地收藏着,每当值班下岗回来或者夜深人静的时候,我都会拿出来细细品味……

老婆,腊月二十二是咱俩结婚纪念日,真快啊,四年了,咱们的宝贝儿子三岁了。我这个老公真是糟透了,4年里咱们在一起的日子可以用天来计算,可你从没后悔过。等我休假了,一定好好补偿你和儿子……

如今,通信条件大大改善。语音通话,图片传输,视频传送……海口舰官兵再也不用担心与家属的通讯联络。当年留下的短信便条,成了官兵的珍藏。

每次抚摸那些便条,歉疚和感激便会同时涌上皇甫晓伟的心头。那些便条上从来都是"报喜不报忧"——父亲3次做手术,家里都对他严密封锁消息,直到探亲回到老家时才知道实情。

事实上,海口舰官兵的家属们心中藏着许多秘密,她们从不多说。

"无论做什么事情,我都会在他的左手边。"吃饭、逛街、睡觉……航空控制班班长姚建超的爱人窦甜甜都会默默靠在他左侧。

"曾经他也问过我为什么,我只是告诉他,这样我就会离你的心更近一些。"事实上,窦甜甜在网上看到过这么一句话:"我会一直站在你的左边,因为你敬礼的右手属于祖国。"

那年,姚建超的父亲突然病重,他急忙请假和窦甜甜赶回家照顾,可回家没几天,姚建超就接到归队执行任务的电话,窦甜甜一边帮他收拾衣物,一边安慰他:"家里有我,你就放心归队吧。"

接下来的几个月,喂饭、按摩、读报……窦甜甜在公公身边寸步不离地伺候着,邻居们见了都夸奖这儿媳妇比儿子还管用。

"他去执行任务保家卫国,我就要好好替他照顾家人。"这句话不仅是窦甜甜的心声,也是全舰官兵家属的心声。

2017 年,副机电长宁晨的女儿在他执行护航任务期间不慎摔断了右腿,爱人刘佳心疼不已,经常以泪洗面。

独自带着孩子去医院接骨复位、支架固定,又担心孩子恢复不好

影响生长发育,刘佳领着孩子跑回武汉寻找良方。一天夜里,看着熟睡的孩子,劳心费神的刘佳终于忍不住失声痛哭,她是多么想把这一切告诉自己的丈夫,想有人和她一起扛!

"妈妈,你怎么了?"孩子被吵醒了,刘佳俯下身子拍着,"没事,就是想你爸了。"女儿没说话,探起身用双手抱住了刘佳,轻轻地说:"妈妈乖,爸爸很快就回来了,我陪你一起等他。"那一刻,女儿的懂事让刘佳的心都融化了。

战舰返航,要不是宁晨发现女儿走路略显不协调,刘佳可能会把女儿摔伤的事儿深藏一辈子。"告诉你也只会让你着急,影响你工作。结婚前,你问我,有没有做好当一名军嫂的准备,我是真的准备好了才答应你的。"刘佳的话,如同一股暖流激荡在宁晨心中。

同样的准备,吕阳的爱人邢薇在结婚前也做好了。

曾经,邢薇问了吕阳这样一个问题:"你到期后是准备退伍回老家,还是继续在部队长期干。"吕阳毫不犹豫地回答:"只要有可能,肯定在部队长期干啊,我觉得我现在做的事有意义!"邢薇点点头笑了。

原来,这个问题背后藏着邢薇的一个小心思:"做一名舰艇战士很苦很累,但他依旧选择要坚定做下去,我想他对婚姻肯定能做到从一而终。"

结婚对很多女孩来说是改变人生,对海口舰家属来说却是颠覆人生。

曾有人与电子对抗技师吴斌的爱人陈杨开玩笑说:"你和吴斌在法律上是夫妻,可在现实里根本不像夫妻。"也曾有老家热心的邻居问:"陈杨,你还单身吧,我给你介绍个对象吧。"陈杨和吴斌恋爱5年,结婚 5 年，吴斌和陈杨的舅舅、舅妈只见过一面。

这些事都埋藏在陈杨的心底，每当吴斌休息、休假，她总会拉着他参加聚会，走访亲戚，让他更多地融入自己的生活。

2018 年 3 月，陈杨辞去了华为安徽分公司售后部人力资源主管的职务。如果当时没有毅然决然选择离开，现在的她应该走上了更大的平台。可是为了能到爱人身边，这些，对她来说都不算什么。

"工作可以再找，但他却是独一无二。"陈杨说，"决定到驻地时，我没有告诉他，我其实很爱原来那份工作。既然他在无怨无悔地为国家付出，那么就让我来为他付出。"

>>> 第十章

我的祖国,我的军舰

2018 年 5 月 16 日,海口舰入列以来首次"回家"——靠泊命名城市海口市秀英港,举行军舰开放日。

码头一时人头攒动,一边是从全国各地赶来排队参观的民众,

◎ 海口舰靠泊命名城市海口市,市民挥舞国旗热烈欢迎

一边是忙着引导和解说的官兵。引导员、四级军士长李飞的计步器显示，那一天他的步数高达2.3万余步。

在李飞的印象中，海口舰这些年一直在风尘仆仆地赶路，从未离开过祖国和人民的视线。

那是2009年6月的一天，从亚丁湾回来2个月后，海口舰炊事兵戴飘扬终于盼来了军旅生涯中的第一次休假。为了早点回家，戴飘扬专门买了从海口飞武汉的机票。

因为路线不熟，直到飞机起飞前50分钟，他才抵达海口美兰国际机场。眼看就要停止办理登机手续，第一次乘坐飞机的戴飘扬急得像热锅上的蚂蚁。这时，一名机场工作人员主动上前询问他有什么需要。

戴飘扬向工作人员表明自己是回家休假的现役军人，并出示了士兵证，工作人员看了看证件，又看了看戴飘扬的脸，微笑着说："英雄，这边请！"

从柜台值机到过安检，戴飘扬和战友一路绿灯，一路贵宾通道，一路上都有人对他们竖起大拇指。年纪轻轻却被称呼为"英雄"，只因为士兵证上写着海口舰。

"去遥远的亚丁湾索马里海域护航，不仅是中国海军的骄傲，也是海口家乡人民的自豪！"机场的工作人员说，"我在电视上看到了你们的壮举，太了不起了！"

那是2009年1月7日，航行在亚丁湾的海口舰收到了一封从南宁市广西军区幼儿园寄来的信件，写信的是幼儿园大(3)班一个名叫彭嘉智的小朋友，信封里面是一封信和一张儿童画。

信是这样写的："我是小彭的爸爸，小彭他今年5岁了，还不会写字，所以这封信由我代笔。孩子一直生长在部队，小小年纪就对军事很感兴趣。尤其对海军情有独钟，现在就立志长大要当一名海军军官。得知海军舰艇编队要执行护航任务后，每天都缠着我给他讲编队的最新情况，还特别关心执行任务的叔叔有没有危险，在哪里睡觉、吃饭，舰上有什么武器等。他画了一幅画送给叔叔们，祝叔叔们春节快乐。请代小彭将信和画转交给舰艇编队。"

这是一张充满童真的画作：171舰在大海上破浪前行，蔚蓝的天空，一只白色的和平鸽嘴里衔着一张贺卡，上面用稚气的笔迹大大书写着："新年好！"

"171"是海口舰的舷号。谁也没想到，9年之后，这个数字因为另一位小朋友的到访，再次引爆网络。

海口舰首次"回家"那天，刚刚8岁的王晓夫和母亲一起登舰参观后，写了一篇作文，题目叫：《"171"，我的军舰》。"这雪白的军绳，就像是海军叔叔用他的军服来缝制而成的，这根象牙白的军绳代表着海洋的力量，也代表着中国的强大！"王晓夫用稚嫩的笔法写下自己独到的见解，情感细腻，且具有说服力。

很快，这篇被老师打出"A＋＋＋"高分的作文在朋友圈刷屏，新华社、人民日报等微博微信都为这个男孩点赞！

对于海口舰来说，被写进作文里远不止这一次。这是6年前，另一位参观者的"作文"。

2013年5月下旬，适值海口舰执行战备任务凯旋不久，一位网名为"飞天老鼋"的海口市民，有幸作为家乡代表走访参观海口舰。

参观归来,"飞天老鼋"写了一篇观后感贴到了某军事论坛上。

"映入眼帘的是一艘通体银灰色、威武雄壮、整洁美观的战舰,甲板、炮塔、导弹发射台、瞭望指挥台及主桅、烟囱清晰可见,尽收眼底,在大海和阳光的衬映下,天、海、舰三者交集,宛若一幅壮美的油画。"在这篇近3000字的观后感中,"飞天老鼋"文采飞扬地写道——

> 一艘战舰有了一个响亮的名字,从此它便如同有了灵魂和肌体一般刚强;一座城市的名字多了这样一种载体,从此她便可以无限延伸,展示自己无穷的魅力;一艘战舰与一座城市紧紧联系在一起,情深似海,荣辱与共,血脉相连。海口市与海口舰从结缘的那一天起,就注定会演绎出一幕幕感人的故事……

战舰,向来被喻为"流动国土"。正如这位网友所说,战舰冠名城市被水兵视为"第二故乡"。目前,共和国海军以大、中城市命名的驱逐舰、护卫舰已达百余艘。有心人注意到,随着新战舰的不断列装,一些遥远的西部城市也有了以自己名字命名的军舰。

"舰艇与城市,血浓于水;同一个名字,把海洋与大地相连。"一个个军舰舰名,拼成的是"祖国"二字;一个个军舰舷号,组成的是时代旋律。

我的祖国,我的军舰。从入列那天起,"中华神盾"海口舰就航行在全国人民的热切目光里。

在祖国的大西南，重庆璧山区，有一位退休老人叫王选华。他儿时的梦想是当一名军人，驾驶坦克、飞机、战舰保家卫国。一晃50年过去，干了一辈子机电工作的王选华决定圆梦，开始按照100:1的比例制作海口舰模型。

用废了数张铝板，经历了无数次失败，15个月后，"中华神盾"171号模型下水了。2014年1月20日，璧山秀湖公园的众多市民和游客见证了这精彩一幕：只见王选华抱起舰船放进水里，然后打开舰上开关，轻推了一下舰身，用遥控器加大马力，驱逐舰朝湖中心驶去……

"可以转弯，可以倒退，竟然还可以发射导弹！"听着游客的惊呼和掌声，王选华的脸上满是梦想成真的灿烂。

有人要买这个有近2000个零件、做工精细栩栩如生的"中华神盾"，出价两万元。王选华不卖，他要永久收藏："这是我的梦想，梦想怎么能拿来卖？！"

当退休老人王选华的海口舰模型在公园里赢来人们阵阵惊叹时，真正的"中华神盾"海口舰正劈波斩浪，航行在远海大洋上。那一年，参加中外联合军演的海口舰赢得了世界的惊叹。

回眸这些年海口舰的深蓝航迹，凡到访之处，它总能引起登舰参观的海内外同胞关于梦想的热议和话题。

（一）

一艘战舰感动了一座城，一座城也感动了一艘战舰。

◎ 海口市民登上海口舰参观

　　2018 年 5 月 16 日，海口舰靠泊海口港，举行军舰开放日。这是海口舰自命名入列以来首次"回家"。

　　一时间，海口舰成了海口市最为亮丽的名片，参观海口舰群众一时"爆棚"——原计划接纳 500 名市民参观，后来不得不增加到 8000 名。参观者中不乏花了几千块钱特地坐飞机赶过来的。

　　在海口舰开放参观的两天中，两条微信被刷屏。一条是——我要亲手摸一摸价值 50 亿的军舰，零距离接触改革开放的精华；另一条是——一位带孩子参观海口舰的母亲说，人太多，怕孩子在军舰上挤丢了。有人马上告诉她：没事，那是世界上最安全的地方。

　　从海口舰这张名片中，海口市市民不仅能触摸到祖国日益强大的脉动，还能体验到满满的"安全"获得感。

　　海口舰"回家"的那几天正值高温天气，但市民参观海口舰的高昂热情显然比天气还热。白发苍苍的离退休老人、稚气未脱的孩童，纷纷登舰观看和拍照留念。

海口警备区在职军官危超曾在驻港部队服役，多次与驻港部队空军、海军进行过联合军演，他对舰艇的装备性能十分了解。危超表示，海口舰具有防空、反潜、反导、近距离防卫等各种能力，哪怕单独出海作战也完全具备区域防卫能力，不愧为"中华神盾"。"我们的祖国强大了，老百姓的腰杆就硬了，外敌再也不敢欺负我们了！"退休老军人李文春深有感触地说。

64 岁的刘玲，曾在海警部队和解放军 187 医院服役。这位老兵动情地说："看过海口舰，我心情十分激动，海口舰的宏大壮观，让我真切地感受到祖国的强大。我们再也不怕外敌来犯了。""男儿三尺剑，护国保边关"，70 岁老先生王祥生参观完海口舰后，将两幅书画赠送给该舰全体官兵。

一位花甲老人参观后发出这样的感慨："看到这么威武的军舰，儿子出海捕鱼我就放心了。"一位赶来参观的参战老兵说，看到这群优秀的军人很欣慰。一位 90 多岁的老奶奶坐着轮椅也赶过来了，被家人搀扶着走上甲板，老人亲手把自己制作的香囊送给子弟兵。

来自海南华侨中学的 15 名学生也登上了海口舰，参加"荣誉小舰员"军事体验日活动。"看到欢呼雀跃的孩子们，看到他们崇拜的眼神，你无法不被打动。"海口舰政委邹琰说。

那几天，除了军舰开放日、"荣誉小舰员"军事体验日活动，海口市还与海口舰联合开展了国防知识宣讲、海口舰官兵参观海口城市建设新貌等一系列双拥共建活动。

海口舰的威武身姿,吸引着市民们的目光;海口市的点滴变化,也牵动着官兵们的心。

"回家"那几天,海口舰官兵们参观了省博物馆、美舍河凤翔湿地公园、骑楼老街等海口市标志性地点,品尝了海南特色美食,感受海口全域旅游的魅力。细看"家乡"好风光,"厉害了,我们的海口",是官兵们共同的心声。

5月17日,海口舰官兵走进海口市第一中学及海南省华侨中学,给学生们带来一堂别开生面的国防教育课。两校共有近1500名师生参加活动。

课堂上,政委邹琰向师生们播放了关于海口舰的介绍视频,介绍了海口舰的辉煌履历,分享了自己的护航经历。他说:"亲历护航,不仅让我们拥有了国际视野,还使海口舰挺进深蓝的航道犁得越来越坚实。"

舰空导弹区队长兼总士官长李卫华介绍了在亚丁湾成功驱赶海盗解救商船的经历。他说,每次成功解救商船,都会提升我们的民族自豪感。被誉为"舰艇心脏守护神"的海口舰柴油机班长王东说:"走遍千山万水,还是祖国最美。国家培养了我们,我们也要尽全力回报祖国、回报人民。"

"看了介绍海口舰的视频,我既兴奋又感动。海口舰真的好壮观。舰上官兵太不容易了,他们一年中200多天都在海上,'以舰为家'已是常态。我真的很佩服他们。"海口一中高二(18)班的张诚致说。

相聚总是短暂的,但一艘战舰的气质、一群军人的精气神,必将随着他们的故事,在更多人的心中播下"种子"。

在海口舰"回家"的四个月后，海军海口舰先进事迹报告团又再次回到家乡作报告。海军某驱逐舰支队政委胡姣明、海口舰舰长樊继功、海口舰情电部门实习副教导员王柯鳗、海口舰机电部门柴油机班长王东、海口市民政局干部任菲5人，讲述了海口舰的先进事迹。

这场报告会的主题和他们在人民大会堂的报告一样："忠诚捍卫万里海疆的深蓝利剑。"

其中，海口市民政局干部任菲的演讲得到各界群众的强烈共鸣。她在报告中饱含深情地说——

在我们海口人心中，海口舰是一艘窗口之舰。海口舰一路劈波斩浪，纵横万里海疆，勇闯远海大洋，从她被命名的那一天起，就与海口市拉起了一条无形的纽带，鱼水情深、心心相印。海口市民是海口舰的"荣誉水兵"，海口舰官兵是海口市的"荣誉市民"……城市为战舰保障，战舰为城市扬名。海口是中国改革开放的"窗口"，而海口舰则是世界了解中国的"窗口"。作为中国海军"明星舰"，海口舰每到一国、每靠一港，都会通过甲板招待会、舰艇开放日等方式，向世界讲好中国故事、弘扬中国文化、传递中国精神，在国际舞台展现了海军官兵和平友好、开放自信的时代风采。

在我们海口人心中，海口舰是一艘开拓之舰。一艘现代化的军舰，是一个国家工业、科技水平和综合实力的集中体现。记得10多年前，我有幸参加这艘战舰交付入列仪式，时任舰长告诉我们，海口舰是我国自行设计建造的新型主力战

舰,聚集了我国多项军事高新技术,综合作战能力达到世界先进水平。这让我深深感到,国之重器彰显的是中国实力。前不久,现任舰长樊继功跟我说:"作为一名优秀剑客,既要有一把好剑,还须潜心砺剑,更要在关键时刻敢于亮剑、一招制敌。"从设计建造到交付使用,从形成能力到展示威力,这艘战舰发展的每一步,都汇聚了改革开放的伟大成果,展现了一个民族伟大的创新精神、奋斗精神、开拓精神……

在我们海口人心中,海口舰是一艘英雄之舰。强者无敌,勇者无畏。我每次来到海口舰上,听到最多最提气的就是海上维权和大洋亮剑的故事。与外军舰机巧妙周旋,与海盗斗智斗勇,官兵们讲起来绘声绘色,我听起来惊心动魄。这些英雄故事的背后,是官兵们默默无闻的奉献和付出。机电长岳涛对我说:"渔民出海带回的是满舱鱼虾,而我们带回的是满满的忠诚与思念!"哪有什么岁月静好,不过是有人替你负重前行。这艘英雄战舰上的英雄水兵,就是为我们负重前行的人。

在我们海口人心中,海口舰是一艘希望之舰。在海口舰静静停泊的海口港,记载着历史上的辉煌与耻辱。早在古代,海口就是"海上丝绸之路"的重要节点,见证了"骑楼林立、商贾云集"的繁荣盛世。但是,它也有过侵略者肆意横行的屈辱历史,有海无防的惨痛教训刻骨铭心。历史告诉我们,向海而兴、背海而衰,不能制海、必为海制。处在海防前哨的海南,自改革开放以来,逐步从较为封闭落后的边陲海岛,发展成为中国最为开放、最具活力的地区之一,离不开人民海军的守卫和支持,海南人民对建设一支强大的人民海军,有着更为深切的期盼……

一个崇拜英雄的国家,才是伟大的国家;一个尊重仰望星空者的民族,才是有希望的民族。现在,我们正昂首迈进新时代、阔步新征程,需要更多仰望星空的人,更多为国担当的人,更多精忠报国的人。我们期待有更多像海口舰那样的英雄群体,在托举强国梦想、实现民族复兴的伟大征程中,乘风破浪,扬帆远航!

(二)

在茫茫大海中,海口舰舰员有一个共同的习惯——总会不由自主地凝望祖国的方向。

他们深知,强军梦,不仅仅是自己的梦。祖国的富强、军队的强大,与13亿人民的命运息息相关。共和国海军70年来奋勇直追,为的就是让中华民族挺起腰杆。

香港昂船洲军营码头,一位年近百岁的老人在家人的搀扶下,拉着海口舰引导员的手,语调颤抖地说:“国家终于强大了,终于不再受别人欺负了。你们走得有多远,中国人的底气就有多足!”

7年前海军第10批护航编队舰艇对香港市民开放的这一幕,定格在海口舰轮机工程师刘应虎的脑海中,始终挥之不去。

那是2012年,为庆祝香港回归祖国15周年,应香港特区政府邀

请,经中央军委批准,海军第 10 批护航编队海口舰和运城舰返航途中停靠香港。4 月 30 日至 5 月 3 日为公众开放日。

"老人面容瘦削,走路已经是颤颤巍巍,但是整齐的老式军装上挂满了大大小小的勋章。"尽管已经过去了 7 年,但刘应虎仍清晰记得老人"踮着脚、扬起脖子,望向海口舰"的样子。

那位老人家人介绍,老人在年轻时为了吃饭参军打仗,在抗日战争中奋勇杀敌,晚年随家人来到香港定居,无时无刻不牵挂着祖国和人民军队的发展。得知舰艇开放的消息后,老人一大清早就迫不及待地前来,等待参观。

在海口舰上,老人不时地询问官兵军舰的装备战技术性能,虽然很多地方听不懂,但仍像个孩子一样高兴得手舞足蹈。

离开海口舰时,老人眼中再次噙满泪水,口中不住呢喃着"好、好、好"。他向舰武装更庄严敬礼,武装更回礼。

那一刻,两代军人的家国情怀在香港交织,格外生动,格外醒目……

5 月 1 日是海口舰停靠香港的第二天。尽管天气炎热,但昂船洲码头依然人头攒动。2000 多名挥舞着五星红旗、紫荆花区旗的香港市民和各界人士,依次排起长龙登上海口舰,目睹祖国战舰的英姿,争相与护航官兵合影。

特区政府向市民发放登舰参观券当天,凌晨 3 时发票点门外已排起长队。香港爱国工会的蔡淑会告诉解放军报记者,每人限领两张票,为了一家 4 口人都能看到军舰,他和儿子凌晨 2 时就早早地等候在发票点。"邻居因为排队晚了没领到票,他再三叮嘱我一定要多拍几张照片给他看。"老人兴奋地说。

"祖国的军舰来了,我无论如何一定要来亲眼看一看,亲手摸一摸!"站在海口舰前甲板,80岁高龄的香港市民曾桂伦一边抚摸着主炮,一边对记者说。

"护航编队停靠香港,不光香港人来看,内地人也同样高度关注。"一旁的深圳工商局职员张成浩表示,中国海军赴亚丁湾、索马里海域执行护航任务,令每一个中国人倍感骄傲和自豪。为此,他们全家放弃出国旅游的机会,专程从深圳来到香港。"以前经常在电视上看到中国护航军舰的消息,今天终于亲眼看见、亲身感受,确实很壮观、很震撼。"他说。

一位名叫雨萱的五年级小朋友,引起了机电部门时任教导员杨锴的注意。参观前,老师给她布置了写一篇观后感的任务。小姑娘盯上了杨锴,拉着他采访。杨锴半蹲着身子,微笑着逐一回答,并鼓励她好好学习,长大了也来当海军。随后,雨萱的同学们也都围了过来,问了很多感兴趣的问题。

这一幕,也吸引了记者们的目光,长枪短炮咔嚓作响。两天后,香港《大公报》以《解放军"俘虏"港童心》为题进行了报道,并登出了杨锴与小学生们的大幅照片。

在杨锴的记忆中,第10批护航任务期间,海口舰先后靠泊吉布提、萨拉拉、吉达等港口休整,护航结束后又顺访莫桑比克、泰国。

"每次靠港,舰上都设定舰艇开放日,迎接当地民众上舰参观。"杨锴回忆说,每次迎接参观结束,大家做得最多的一个动作,就是回应当地民众竖起的大拇指;每次外出购物归来,大家说得最多的一句话就

是:"还是祖国好!"

海口舰官兵的这种心情,华人华侨以及在当地工作的中国同胞体会更为深刻。

海口舰首访莫桑比克时,中国路桥工程公司工作人员租用游艇在港口航道迎接编队,并振臂高呼"祖国万岁",两位80多岁的老华侨带着儿孙驾车数百公里,将自己种植园里的蔬菜水果送到官兵手中。情电部门战士黄日森至今记得一位长期居住在马普托的华侨脸上的激动表情:"我在莫桑比克看到祖国的水兵,听到《歌唱祖国》的乐曲,作为一个中国人,还有什么比这更令人高兴的呢。"

访问泰国时,一位年近七旬的老华侨抚摸着海口舰的甲板,潸然泪下,他说:"十几年没回去了,现在踏上这片流动的国土,我仿佛闻到了故乡山河的气息。只有祖国强大了,军队强大了,我们这些海外游

◎ 2012年3月29日,海口舰执行第10批护航任务期间访问莫桑比克

子的腰杆才能真正硬起来！"

2017年12月，正在执行第27批亚丁湾护航任务的海口舰，第2次靠吉布提港补给休整。

吉布提港是一座民用港，因为特殊的地理位置，成为各国海军经常光顾的港口之一。据不完全统计，来自数十个国家的军舰都曾在吉布提港靠泊。在吉布提码头，有一面特殊的墙，墙上是各国海军临时停靠时留下的文化足迹——涂鸦。

一靠码头，海口舰副政委严冬就远远地看到了这面涂鸦墙。30多个国家的海军都在上面留下了各具特色的logo：德国海军刻画了雄鹰的标记，阿拉伯国家的弯刀也格外显眼……其中，也有中国护航编队留下的，"但经过风吹日晒，已经非常模糊了"。

"这是一场文化比赛，我们也不能示弱。"严冬第一时间找来舰上文化骨干碰头商量，大伙一致同意："趁着这次靠港的时间，把我们的

◎ 海口舰执行第27批护航任务期间靠泊吉布提港，官兵在涂鸦墙作画，积极传播民族文化

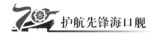

涂鸦墙改造一下。"

说干就干。严冬带着教导员李集、女兵田赵姣婕等几名骨干连夜设计草图、征求大家意见,一连画了三幅涂鸦:"第一幅画的是我们舰艇水兵的形象和171舰的形象,还有第27批护航编队的标志;第二幅画的是第27批护航编队的航迹;第三幅画的中国的高铁、支付宝、共享单车等'新四大发明'……"

几天后,靠港的岳阳舰官兵看到了这面涂鸦墙。他们专门打电话到海口舰上:"你们的涂鸦墙真漂亮,成为吉布提港口的一道靓丽风景线。"

»»尾声
遇见大时代,开启梦想加速度

北京长安街,复兴路9号,中国人民革命军事博物馆。

三艘馆藏退役功勋艇,静静封存着一段光荣岁月,向参观者讲述着共和国海军那段筚路蓝缕的历史。

其中,由原芜湖造船厂建造的文物艇3139艇格外引人注目。该型艇由原芜湖造船厂和原求新造船厂批量建造,船体为钢质,上层建筑为铝质,是中国人民革命军事博物馆目前收藏的体积最大的武器装备。

时间是最忠实的见证者,也是最伟大的作者。近60年之后,2018年4月12日,中央军委在南海海域隆重举行海上阅兵。包括航母辽宁舰在内的48艘新型战舰,向世界展示了人民海军的崭新面貌。

舰阵如虹,铁流澎湃。一艘艘新型战舰,寄托着中华民族向海图强的世代夙愿,还映照着一个国家从站起来到富起来、再到强起来的史诗般的壮丽征途。

中国军队从未像今天这样,加速向现代化奔跑,也从未像今天

◎ 被誉为"带刀侍卫"的海口舰，作为航母打击群受阅舰艇之一，光荣地参加了海上大阅兵

这样，时刻处于世界媒体的聚光灯下。作为一支战略性、综合性、国际性的军种，中国海军正在"大踏步赶上时代发展潮流"。不断刷新的辉煌成就，集中承载、吸附和体现着中国改革开放40年积蓄的巨大能量，以及新时代全面深化改革释放出的前所未有的新动能。

一个强大国家的背后，必定站立着一支强大的军队。

2015年，也门爆发内战，中国派出海军战舰迅速撤出600多名中国公民。"祖国派军舰接亲人们回家"，临沂舰打出的横幅令无数华人泪目。

镜头拉回到20年前，埃塞俄比亚和厄立特里亚边境战争爆发，100多名中国公民只能靠5条小渔船漂泊到沙特辗转回国。

时间里往往藏着答案。相似的困境，迥异的场景，见证了一支军队的使命拓展。

跨越历史千年，将强未强当口，中国梦、强军梦同声相应、同气相求。

2020年、2035年、21世纪中叶，在党的十九大战略擘画中，3个相同的"时间刻度"，标注出新时代中国军队的"使命刻度"。在中华民族伟大复兴的航道上，中国军队与伟大祖国搭上同一艘"梦想巨轮"，开启了"梦想加速度"。

从军事博物馆沿长安街往东行驶大约6公里，便是人民大会堂。王东，这位在海口舰服役了16年的老兵，那天站在这里的报告厅演讲台上，发自内心地说：

"我们是幸运的，赶上了这个大时代，只要肯奋斗，就有梦想成真的机会；我们是幸福的，赶上了军队大发展，只要有能力，就有干事创业的平台;我们是自豪的,赶上了海军大转型,可以驾驭新型战舰,在远海大洋书写水兵的风采与荣光。"

开创了共和国海军史上多个"第一"的海口舰,是中国军队"努力把人民海军全面建成世界一流海军"的亲历者和见证者。

某种意义上,海口舰身上所发生的故事,只是众多激动人心的中国故事、强军故事之一。中国海军加速发展的宏伟图景,我们可以借以瞭望观察的微观样本实在是太多。

(一)

从临沂舰——这艘与海口舰一样经常伴随在航母辽宁舰左右的战舰身上,我们可以触摸到中国海军战斗力加速成长的脉动。

透过驾驶室的舷窗望出去,涌浪一次次扑向临沂舰,又一次次被利剑一样的舰艏劈裂。航海部门操舵兵冯飞稳操舵柄,精准驾驭脚下的战舰,俨然一个老舵手。

这是冯飞登舰 3 个月来第 5 次独立值更。而航海部门操舵班长、冯飞的"师父"周诗勇回忆自己登舰 3 个月时的情景,憨憨一笑:"我登舰 3 个月的时候,还在跟班长练习复述口令,脑子里一遍遍想着遭遇大风浪时,怎么才能克服晕船。"再往前追溯,周诗勇的班长是在登舰 5 个月后,才第一次随舰出远海。

在临沂舰的后甲板,冯飞问"师傅"周诗勇:"我用一年走完了你过去十年走的路,班长有啥感受?"周诗勇依旧憨憨一笑:"我很高兴,我想我的班长会更高兴!"

舰员获得独立值更资格的周期不断缩短的背后，是临沂舰挺进深蓝、提升战斗力的壮美航迹。临沂舰实战化训练水平的不断攀升，又折射出近年来海军战斗力的快速成长。

翻阅近年来有关人民海军的新闻报道，不难发现，战斗力加速成长的脉动无处不在。

2017 年 1 月 22 日，海军西宁舰入列。仅半年后，西宁舰官兵就在某大项任务中，成功执行了多枚导弹发射任务，并精准击中目标。对比自己过去在某型老式战舰上服役的经历，西宁舰主炮班长孙剑自豪地说：“西宁舰入列 1 年就打了过去老舰多年才能打完的弹药量。”

在远海大洋，人民海军的更多舰艇正在抓紧练兵备战，在战斗力加速形成的航迹上早已是“千帆竞逐”。

2012 年 9 月 25 日，辽宁舰入列，使中华民族实现了百年航母梦。辽宁舰入列仅 2 个月，试飞员戴明盟就驾驶歼－15 舰载战斗机，在航母甲板实现了惊天一落。

2016 年 12 月 24 日，海军新闻发言人宣布，辽宁舰编队赴西太平洋海域开展远海训练。这是辽宁舰首次出远海训练。2018 年，媒体正式对外披露“歼－15 舰载战斗机已具备昼夜起降和综合攻防能力”。这标志着我海军航母编队初步形成体系作战能力。

（二）

从长沙舰——这艘“中华神盾”家族的新成员身上，我们可看到中国海军实战化训练不断加快的步伐。

黎联社是长沙舰上为数不多的几个"70后"。因为年纪最长、兵龄最长,大家都称他为"黎叔"。

这位"最不像70后"的"70后"老水兵,亲眼看着自己脚下的军舰越来越大,越来越先进,亲眼看到了海水的颜色从土黄变成深蓝,亲身经历从"经常靠在岸上"到"长期漂在海上"的变迁。

黎联社所在的长沙舰,现在"几乎很少靠岸"。2018年春节还未到来,长沙舰编队就开始了"湛蓝-2018"远海训练任务;春暖花开时,长沙舰远航归来,便参与了南海大阅兵;阅兵刚刚结束,长沙舰马上起航,赴印度尼西亚参加"科莫多-2018"多国联合军演……用长沙舰官兵的话说,他们"不是在海上训练,就是在去训练的航程上"。

放眼中国海军,忙碌的又岂止是长沙舰?这些年来,在蔚蓝的大洋之上,中国海军的曝光度越来越高,实战化的航迹也越来越远。

东出第一岛链、南下印度洋、西行亚丁湾……中国海军兵力运用逐渐多元化、远洋化、常态化。吸引外界关注的,除了中国海军走向深蓝"频率"的加快,还有"频道"的转换——2013年"机动-5号"海上演习硝烟还未散尽,英国《简氏防务周刊》就发文称:"这次演习最让外界关注的不是新装备的集中亮相,而是中国海军展示出的全新训练模式。"

一次次突破岛链、大洋砺剑,训练兵力向合同作战编组拓展,训练海域向远海大洋延伸,训练方式向实战背景下体系对抗拓展,中国海军走出了一条战训融合、远海练兵之路。

海口舰所在的南海舰队某驱逐舰支队,曾在2017年公布过这样一组数据:2016年退役的老式驱逐舰服役30多年,累计航程17万海

里,年平均出海仅 30 天,航程不足 6000 海里;而入列仅 3 年的某新型驱逐舰,年平均出海 200 余天,每年航程都超过了 3 万海里……

透过数据,我们仿佛能看到中国海军战舰乘风破浪的威武身影。这一切,正是中国海军实战化训练的有力"注脚"。

今年中秋节,黎联社在支队安排下进行疗养。疗养日期还未过半,他就待不住了,他"想出海,想和战友们一起战风斗浪"。他开玩笑说:"疗养的生活,耳根子太清静。长沙舰上频繁响起的战斗警报,才是我生活的主旋律!"

黎联社常常想,如果自己能够回到 20 岁该多好。他庆幸自己亲眼见证了中国海军几十年的大发展,但他更想在中国海军实战化步伐越来越快的今天"磨利剑,闯出一个新天地"!

(三)

从郑和舰——这艘中国第一艘综合训练舰身上,我们可以透视中国海军初级指挥人才培养的加速发展。

望着舷窗外的碧海蓝天,海口舰舰长樊继功依然清晰地记得,当年随郑和舰出海实习的年轻岁月。郑和舰成为他征战大海的第一站。青出于蓝而胜于蓝。如今,樊继功指挥海口舰征战远海大洋,早已走出了比郑和舰更精彩的航迹。

据统计,中国海军现役水面舰艇指挥军官,每 3 人中就有 2 人曾在郑和舰上实习。对于这些指挥军官来说,郑和舰就是他们的"出海口"和"成人礼"。对于郑和舰来说,这是无比光荣的成就。

郑和舰是名副其实的"军校第一舰",是"功勋训练舰",是出访"明星舰"。舰长高正龙告诉记者:"海军院校学员上舰实习任务很重,从服役那一天起,我们基本上就是满负荷运行,一年在海上航行两百多天很正常。"

2017 年初,在郑和舰服役 30 周年之际,一艘以民族英雄戚继光的名字命名的训练舰正式服役。它的满载排水量近万吨,稳居亚洲训练舰艇第一,舰上的教学装备已经和世界接轨,和部队同步,众多岗位上的舰员均有在郑和舰实习受训的经历。

训练舰"家族"的壮大,预示着我海军人才建设的加速发展。中华民族建设强大海军的百年夙愿,终将在这些海军人才的身上实现。

(四)

从和平方舟——这艘超万吨级大型专业医院船上,我们可领略中国海军新时代的风采。

生命中有些地方,哪怕只去过一次,也会永远留在记忆之中。对和平方舟医院船信号班长韩大林来说,菲律宾莱特湾就是这样一个地方。

5 年前的那场超强台风,让菲律宾塔克洛班市从美丽的海滨小城变成满目疮痍的灾区。在抵达灾区的 16 天里,韩大林和战友们驾驶着救生艇一趟一趟往返于码头和海上医院,将救灾物资送上去,将伤病患者接上船。

"没有大炮,没有导弹,没有鱼雷……它满载着中国军队和人民对

和平的渴望和对生命的尊重,是和平发展的'中国名片'。"中国驻东帝汶大使刘洪洋曾在和平方舟甲板招待会上这样介绍和平方舟医院船。

这艘散发着"母性光辉"的医院船,带给世人的是健康和生命,向世界传播的是中国海军和平发展的理念。翻开中国海军的发展相册,我们可以清晰地看到,不仅仅是和平方舟,中国海军新时代和平风采,谱写在一道道深蓝航迹里。

网友们喜欢用"下饺子"来形容中国海军舰艇入列的速度。当所有人的目光聚焦到中国海军日渐发达的"肌肉"时,我们更应看到其肌理的温度。在那一艘艘钢铁战舰的船舱里,在那一张张普通水兵的面孔上,我们不仅能看到中国海军新时代的表情,还能聆听到大国海军和平梦想的呼吸。

站在码头,凝视着船身上醒目的舷号"866",和平方舟"元老"、机电班班长丁辉笑着说:"我现在已经是个'手捧保温杯'的中年大叔了,可是我们的'女神'还正青春!"

(五)

从千岛湖舰——这艘中国第一种真正拥有现代化构型的综合补给舰身上,我们可看到中国海军远洋补给能力的加速跨越。

只要休假在家,宋良会抓紧一切时间陪伴妻子和尚在哺乳期的孩子。作为新晋"奶爸",宋良给自己打分为"不称职"。但他绝对是一名称职的海上补给能手,他的工作就是将补给物资"喂"给受补舰船。

宋良来自千岛湖舰——那条被网友称为海军战舰"超级奶妈"的万吨大船。2014 年,中国海军受邀参加多国联合军演,千岛湖舰作为参演舰艇之一亮相太平洋,与外方舰艇联合开展海上安全行动、人道主义救援、潜水技术等课目演练,为中国海军在该项演习中的"首秀"增光添彩。

2017 年 10 月,英国《每日邮报》刊发的一篇报道引爆世界媒体圈,标题是"红色 10 月!价值 1.8 亿英镑的最先进的中国军舰沿泰晤士河而上"。这是中国海军首次访问英国。综合补给舰高邮湖舰成为中国留学生朋友圈的主角之一,这方流动的国土带给了他们满满的自豪感……

近几年来,我们常常被中国海军在世界大洋舞台上奉献的精彩"大片"所震撼:在亚丁湾海域解救被海盗劫持的船舶,在战火纷飞的也门撤离同胞,在南海海上阅兵场上威武列阵……当我们仔细凝视这些震撼画面,就会发现在每一个中国海军走向深蓝的故事里,都有综合补给舰相伴左右——

10 年前,亚丁湾、索马里海域第一次出现中国海军的身影,综合补给舰微山湖舰位列其中。不仅如此,当武汉舰和海口舰回到祖国,这位"超级奶妈"紧接着承担起第二批护航任务,为编队深圳舰和黄山舰补给。

中国综合补给舰的"老大哥"洪泽湖舰,曾在 2002 年出色地完成了环球航行任务,创下了"首次通过巴拿马运河"等 16 项海军纪录。

洪泽湖舰在度过 2018 年建军节后退出现役。曾在舰上服役多年、现已回到地方的老兵陈家荣受邀再一次登上洪泽湖舰,与一起战

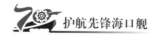
风斗浪的"老伙计"告别。

站在洪泽湖舰甲板上抚摸船舷,一种温热直抵老兵内心。远眺海面,陈家荣眼眶湿润。这位补给老兵深知一艘强大的综合补给舰对中国海军挺进深蓝的意义,对洪泽湖舰,他有太多不舍。但,他并不难过——

就在一年前,海军新型综合补给舰首舰呼伦湖舰正式入列。网友点赞说:"中国航母编队的最后一块拼图,补齐了。"

从洪泽湖舰到千岛湖舰,再到呼伦湖舰,折射出中国海军综合补给舰的发展历程。这些以中国湖泊命名的综合补给舰,不仅如湖泊般饱含着丰富的物资,更承载着中国人对人民海军走向深蓝的希望。

≫ 后记

在对中国梦的诸多描述里,再没有比"巨轮"更贴切的比喻了。以航母辽宁舰为代表的新一代中国战舰,便是"中国号"巨轮的生动脚注。

"走进中国战舰丛书"出版之际,人民海军刚刚走过70年,中华人民共和国刚刚度过70华诞的生日。在中华民族伟大复兴的时间轴上,这是一个注定要被历史铭记的时间点——中国共产党领航这个国家、这支军队已经进入了新时代。在世界坐标系上,无论是硬实力还是软实力,"中国"日益成为一个醒目的坐标点。站起来,富起来,强起来——中国共产党领导下的人民军队和中华人民共和国搭上同一艘"梦想巨轮",开启了"梦想加速度"。

"在新时代的征程上,在实现中华民族伟大复兴的奋斗中,建设强大的人民海军的任务从来没有像今天这样紧迫。"建设强大的现代化海军是建设世界一流军队的重要标志,是建设海洋强国的战略支撑,是实现中华民族伟大复兴中国梦的重要组成部分。

作为本套丛书的作者,我们有幸作为亲历者,跟随这些战舰驰骋

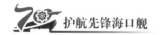

大洋，见证了那些最为壮观、最为激动人心的时刻。透过一个个新闻现场、一个个权威史料，我们力图梳理新时代中国海军现代化军舰的战斗力形成之路、披露中国海军舰艇的发展之路、讲述新一代中国海军军人的成长之路。

采访中，我们遇到过许许多多这样的平凡水兵：入伍前，他们没走出过大山、没见过人海，如今却可以随口道出一个个遥远的国度、一个个陌生的城市、一条条拗口的海峡名字。他们与人民海军一同成长，视野变得越来越开阔，胸襟变得越来越宽广。

"在中国舰艇上你将听到什么样的未来？"2017年参观海口舰时，美国军事战略研究学者迈克尔·法比敏锐地观察到，"海口舰上的年轻军官十分自信。他们对祖国的命运非常肯定。"

目光越过70年，品味着这些意味深长的细节，我们深深感到：新一代战舰遇见了伟大的新时代，新一代舰员们遇见了伟大的新时代。他们，都是新时代带给中国海军的"礼物"。

航母辽宁舰、"中华神盾"海口舰、和平方舟医院船……某种意义上，"走进中国战舰丛书"不仅是我们献给新中国成立70周年、人民海军成立70周年的真诚之作，还是海军官兵献给伟大祖国的"生日礼物"，更是中国海军献给新时代的"梦想报告"。

本套丛书的写作，是在紧张的工作间隙完成的。其间困难超出我们最初的想象，但所幸总有一种梦想的力量在鼓舞着我们、总有一种使命的力量在召唤着我们。在丛书的成稿和出版过程中，军地有关部门给予了及时的指导和帮助，尤其是海军机关和部队给予了大力支持、国防科工局相关领导和专家提供了宝贵意见，在此一并致谢。

图书在版编目(CIP)数据

护航先锋海口舰/王通化,孙伟帅,陈国全著.
—上海:华东师范大学出版社,2019
(走进中国战舰丛书)
ISBN 978 - 7 - 5675 - 9939 - 0

Ⅰ.①护… Ⅱ.①王… ②孙… ③陈… Ⅲ.①纪实文
学—中国—当代 Ⅳ.①I25

中国版本图书馆 CIP 数据核字(2019)第 290699 号

走进中国战舰丛书
护航先锋海口舰

著　　者:王通化　孙伟帅　陈国全
总 策 划:柳　刚　金　龙
策划编辑:王　焰　曾　睿
责任编辑:曾　睿
责任校对:李琳琳
装帧设计:膏泽文化

出版发行　华东师范大学出版社
社　　址　上海市中山北路 3663 号
邮　　编　200062
网　　址　www.ecnupress.com.cn
电　　话　021 - 60821666　团购电话　021 - 60821690
客服电话　021 - 62865537　门市(邮购)电话　021 - 62869887
地　　址　上海市中山北路 3663 号华东师范大学校内先锋路口
网　　店　http://hdsdcbs.tmall.comn

印 刷 者　青岛名扬数码印刷有限责任公司
开　　本　710×1000 毫米　16 开
印　　张　16.25
字　　数　161 千字
版　　次　2019 年 12 月第 1 版
印　　次　2020 年 1 月第 1 次印刷
书　　号　ISBN 978 - 7 - 5675 - 9939 - 0
定　　价　128.00 元

出版人　王　焰
(如发现本版图书有印订质量问题,请寄回本社客服中心调换或电话 021 - 62865537 联系)